旅する舌ごころ

白洲次郎・正子、小林秀雄の思い出とともに巡る美食紀行

白洲信哉

誠文堂新光社

目次

本書は『青春と読書』（集英社）の連載「旅する舌」（２０１２年11月号〜２０１３年７月、２０１４年１月〜４月号）を再構成し、書き下ろし一編を加えたものです。

写真
森川　昇（カバー表1、Ｐ００６、Ｐ００９、Ｐ０１３、Ｐ０１９、Ｐ０２３、Ｐ０７６、Ｐ０８２、Ｐ０９７）
富岡秀次（Ｐ０５５、Ｐ０５６、Ｐ０５７右、Ｐ０５８、Ｐ０６５、Ｐ１０６、Ｐ１１２左、Ｐ１２０、Ｐ１２３、Ｐ１２７、Ｐ１３０、Ｐ１３３）
太田真三（Ｐ０２５、Ｐ０３７上、Ｐ０４５、Ｐ０８６、Ｐ０９０、Ｐ０９５、Ｐ１０５、Ｐ１３６、Ｐ１４３、Ｐ１４４）
小倉雄一郎（Ｐ０３８）
武田正彦（Ｐ１１６、Ｐ１１７）
白洲信哉（Ｐ０２６、Ｐ０２７、Ｐ０３０下、Ｐ０３７下、Ｐ０４７、Ｐ０５１、Ｐ０５４、Ｐ０５７左、Ｐ０６６、Ｐ０６９、Ｐ０７２、Ｐ０８５、Ｐ１０１、Ｐ１１２右、Ｐ１４６、Ｐ１４９、Ｐ１５０、Ｐ１５４左）
田中敏恵（Ｐ１５４右、カバー表４）

アートディレクション・装丁　おおうちおさむ
デザイン　伊藤　絢（ナノナノグラフィックス）
編集　田中敏恵
校正　株式会社文字工房燦光

旅する舌ごころ

1 祖父母の思い出

スッポンとグジそして鮪

毎冬白洲家でスッポンのお振舞いにあずかっていたが、今年のお招きは少し早いかなと思いながら出かけた。料理するのは伊賀の陶芸家、福森雅武さんである。福森さんのお料理には荒々しさの中に滋味がただよう。さばいたスッポンの身の炭火焼、自作の土鍋で炊いたスッポン汁。そして選ばれた酒。私は、白洲さん秘蔵の志野の輪花のぐい呑みでしたたかに頂いて深夜朦朧となって辞するのが常だった。

しかし今年は、数日前に腰を痛められたとかで、白洲さんは二階の自室のベッドに臥せっておられた。白洲さんは、すっきりと透明な顔に輝くような笑顔で私を迎えた。よもやそれが最後になるなどとは夢にも思わなかった。（中略）思えばそれがお別れの挨拶だったらしい。二日後の朝入院されて、間もなく昏睡状態に入って亡くなられた。今度も生還されて、またあちら側で何をご覧になったかお聞きしたかったのに、最後まで韋駄天夫人の足早さだった。

（多田富雄「白洲正子さんを偲ぶ」『花供養』笠井賢一編・藤原書店）

右記のように、わが家、冬の定番として、真っ先に浮かぶのがスッポンである。祖母の正子は、福森さんの来訪を楽しみにして、いや正確には、「来週誰々が来るから貴方お願いね」という感じで、福森さんはどんなに忙しくても二つ返事で飛んで来るのだった。晩年の常連が免疫学の多田富雄先生ご夫妻だった。僕はそんな時は必ず、福森さんの手伝いと称し、ご相伴にあずかっていた。精力がつくスッポンは、浜松の有名な「服部中村養鼈場《ようべつじょう》」から取り寄せる。陸にあがっても元気な彼ら。しっかり梱包しないと逃げ出す奴もいるし、首を落としても、顎《あご》の骨を砕いておかないと、咬みつかれる危険性がある。無理に離そうとすると、獰猛な歯が食い込んでくる（らしい）。ちなみに、ボウルに水を張り、咬まれた

グジ（甘鯛）の姿焼き。皮は素揚げに。高温で焼き締められた磁器（古伊万里捻文深鉢）は、焼いた甘鯛によく似合う。（著者料理）

所をそっと水に浸せば放してくれる。

さて、捌《さば》いてみよう。首を落とし、甲羅と胴部を離し、足やエンペラなど部位ごとに分けていく。内臓やメスの卵は珍味である。血を出す店もあるが、僕は好まない。理由は簡単、美味しくないのだ。従って、血は気にせずに捌くが、骨の折れるのは、ぬるま湯に浸しながら、身に付いた薄皮を剥がす作業である。適当な温度が難しく、爪の間まで臭くなる。その後、身は一度さっと熱湯にくぐらせ、血の臭みを取るために氷水につけ、流水に晒《さら》しておく。出汁《だし》は、日本酒1と水1、昆布に生姜、葱を加えコトコト灰汁《あく》を取りながら、昆布がひと煮立ちすれば完成だ。

福森さんは、スッポン料理のメインである鍋の前に、スッポンの身を、塩焼きと特製のタレで付け焼きにする。鶏肉と河豚《ふぐ》が混ざったような食感と、香ばしさは他にない逸品である。鍋も独特の調理法で、炭火でじわっとゆっくり、最後に生姜の絞り汁をまわしかけ仕上げるのである。スッポン好きの方ならお解りだと思うが、煮えている鍋一面に浮いた脂で、かなりしつこそうに感じるが、見た目とこれほど違う料理はない。まさに滋味そのもので、どちらかと言えば淡白に近いのだ。出汁にかなりの日本酒を使っても酒臭くなく、お互いを引き立て合って、相性も抜群、酒が進んでも食べる方がおざなりにならず、しかも胃にやさしい。肝心なのは、餅や葱等他の食材を一緒に入れない事、スープが濁って、

右：様々な器にあしらうのも味わい深いが、寿司屋の白木のカウンターの上に出されたトロの握りは、この上なく美しい。（撮影協力・「きよ田」）
左：鰻もまた、食いしん坊な祖父母との思い出が多い。写真は奈良時代（8世紀）の平瓦にあしらった白焼き。（著者料理）

最後の雑炊が台無しになる。わけぎか葱をたっぷり振って、さあ、召し上がれ。

祖母、最後の晩餐となったスッポン、足の付け根の脂がある部位と、コラーゲンでブヨブヨになったエンペラが好きだった。亡くなる年も、おかわりした程だから健啖家だったと思う。いつも最後の雑炊を楽しみに、お椀一杯しっかり平らげていた。

京の台所、若狭と琵琶湖

右のような宴の時、京都錦市場《にしきいちば》の馴染みの魚屋さんから、祖母が必ず取り寄せる魚がグジ、関東でいう甘鯛《あまだい》である。ただ、普通の甘鯛とは一味違う。若狭《わかさ》のひと塩したそれは、京料理には欠かせない食材である。真冬に脂がのり、旬を迎えた甘鯛は、半身を鱗付きで焼き、残りの半分を刺身に、山葵《わさび》醤油で食す。うす塩で〆た独特な、ねっとりと、白身のうま味が全て詰った舌触り。口の中で複雑なハーモニーを奏でる。熟成した食材だからこそだ。刺身の残り、削いだ皮は素揚げに、ちょっと塩を振れば、酒のつまみとなる。頭は塩焼きでも、また酒蒸しにしても、ご飯と一緒に炊いて甘鯛ご飯でもと、料理法はヴァラエティに富み、捨てる所がない万能の食材なのだ。魚は新鮮が一番、なのではない。

海から遠い京の都は、魚の処理に様々な工夫がされてきた。福井県小浜《おばま》港から京へ通じる国道三六七号線は、古代より魚介類が運ばれたルートで、足がはやい鯖《さば》に塩をまぶしたものが多かったため、鯖街道と呼ばれている。鯖寿司は、白洲家全員の好物である。『かくれ里』に代表される、祖母の取材先は山の中とか不便な所が多く、「腹が減っては戦ができぬ」と取材旅行は、昼食の確保の為、千本今出川の店（現在閉店）に立ち寄る事から始まる。食いしん坊ぶりは、確実に遺伝したようである。

わが家には、清水坂近くに定宿があった。里見弴『彼岸花』のモデルにもなった女将さんが切り盛りしており、近衛文麿、吉田茂、志賀直哉など錚々《そうそう》たる面々が逗留《とうりゅう》した。母方の祖父の小林は、「あの宿屋は国宝ものだよ」と語っていた。僕も年に一度、必ず出掛けた。祖母と一緒の事が多いのは、小学高学年から取材旅行について行ったからである。宿では京の伝統である仕出し中心で、外に出る事は少なかった。食後、しばしば遊びに行った友人宅で、必ず鴨ロースがあったのを覚えている。思えば二人で湖北の長浜まで、雪の降る中、鴨鍋を食べに行ったな。ピンク色の美しい合鴨でなく、見た目はちょっと黒い天然もの、濃厚でありながらあっさりした味に誤魔化しがなく、特に青首を叩いたミンチの骨を感じる歯触りは、いつも瞠目《どうもく》させられる。

同じく琵琶湖では、淡水の高級食材モロコが真冬に旬を迎える。天ぷらや揚げ物にする事が多いが、本来持っている奥深い味に到達するのは、塩焼きだと僕は思う。比叡山山麓覚性律庵《かくしょうりつあん》（「10冬の〝すい場〟」参照）に、琵琶湖で揚がったばかりの生きているそれが夕方届き、早速炭をおこし串刺しにしたのを炭で焼いて食べた。淡水魚特有の臭みは感じられず、子持ちのものはたまらなく美味い。が、気をつけねばならないのは、翌日の胃の奥から出てくる口臭だ。車という密室では耐えられず、窓を全開にし、お香をたきながら東京まで帰ってきたのだった。

もう一つ、琵琶湖に僕の大好きな珍味がある。鮒《ふな》寿司だ。ご存じの方も多いと思うが、琵琶湖にしかいないニゴロブナを発酵させたなれ寿司で、奈良時代から食されている。僕は手に入り易い海鼠腸《このわた》や唐《から》墨《すみ》を酒のつまみにするが、ご飯やパスタにと、つまみ以外の広がりもある。だが、鮒寿司は燗酒のつまみに最適、いや、これにしかならないと思う。琵琶湖の海底に沈む宇宙が、メスの卵や身に感じられる。冬が食べ頃、でも美味いそれはとっても希少だ。

京の雅と江戸の粋

秋が深まり、京の食卓から姿を消すのが鱧《はも》である。東京では食べる機会が少なく、長ものの代表は鰻《うなぎ》である。どちらも夏が最盛期の印象があり、祇園祭の時期の鱧と、土用の丑の日の鰻は、最も高値になる。が、秋になって脂が増してきた方が、どちらの味も良いと思う。しかし、習慣は、味以上に暮らしの中に根付いた文化なのだ。祇園祭は、京の夏の一番暑い最中に行われる。盆地特有のサウナに入ったような、うんざりする空気の中で聞く、鱧の骨切りのリズミカルな音は、官能的な耳心地で、涼をも運んできてくれる。しゃぶしゃぶして氷水で〆、氷の上に載せられた鱧の落としと梅肉は、目からも涼しくしてくれる。淡白なのに品がいい脂と、吸い物の中に浮かんだ、牡丹造りの鮮やかな鱧を見ると、古都には、関東人の想像を超えた食文化があるように思う。個人的にはさっとしゃぶしゃぶして、氷で〆ずに温かいまま、梅肉を付けて食べる方が臭味もなく美味いと思う。二都の食文化の比較は興味深く、西へ行けば鰻は蒸さずに焼くだけだし、蕎麦と饂飩《うどん》の対比もある。人は、住んだ土地の風土から生まれた味覚を好むようになる。

江戸っ子だった小林の祖父は、寿司、天ぷら、鰻、蕎麦、どれも好物だった。小林はどこぞのあれは美味いよ、と信頼する友人から聞くと、散歩の帰りに開拓していた。昼は蕎麦が多かった。僕は小林と蕎麦屋に行った記憶はないが、東京に住んでいた頃は、赤坂の砂場に祖父（次郎）とよく行った。典型的な江戸の蕎麦で、蕎麦を濃い汁にちょこっと付けて食べる。味覚は土地の記憶と述べたが、子どもの頃の産物と言い換えてもいい。鰹《かつお》出汁の効き過ぎた汁をあまり好まないのは、幼い頃に染み込んでしまったからだろう。今でも一番通っているのが蕎麦屋だ。ゆったりと酒とつまみで出来上がった後のあの喉越し、新蕎麦の幼い香り、〆の蕎麦湯に蕎麦掻《がき》。すっかり僕の身体のリズムになった。

昼飯と言えば、昔一風変わったカレー屋が、小林の家の近所にあり、家族で通った。店名は「マドラス」。インド風のカレーで、薄いナンとチキンとポーク、ビーフカレーだけだったが、濃く深い、でもしつこくはない、なにが美味いのかうまく言えないが、あの味に出会う事はない。ある日突然閉店してしまった家族経営の不思議な店だった。

小林は、いつも決断が早く、「あそこの蕎麦は駄目になった」「あの鰻のタレは甘くなった」と一瞬で判断すると二度と行かなかった。長く通っていたのが、天ぷらの「ひろみ」。時間がなく丼を取りに行き、「家で食べると、タレが染み込んで美味い」と負け惜しみを言う。僕が鎌倉に越してからは、家族でフランスレストランに通った。晩年には、鎌倉から少し遠方の辻堂《つじどう》という町に、「いい鰻屋を見つけたから今度行こう」と連れて行かれた。わが家は、父方母方双方食いしん坊なのだ。

祖父母には銀座に、「きよ田」という馴染みの寿司屋があった。初代藤本繁蔵さんの技量に小林は惚れ、転々と店を変える主人を追っかけ、その場所に落ち着いた。銀座の店で僕は藤本さんの握りを食べた事はなかったが、小林の忌に彼が握りに来てくれた。ちょっと大きめのシャリなのに、軽くふわっとした

軽妙洒脱な紋様の織部大皿（桃山時代）に蕎麦切り。釉薬の緑と新蕎麦の薄い緑。緑はどこか人を和ませてくれる色だ。（撮影協力・「玄そば 東風」）

寿司、予想だにせぬ事が起きると、人間の記憶装置は、ショック状態になり、より強く脳裏に焼き付くものだ。僕は「きよ田」二代目の新津武昭さんとよく付き合った。変人で、嘘かホントか真顔で、「僕は魚が嫌いです、食べた事もありません」と涼しい顔で言う。天才肌の人だが、好みが激しく、嫌いなお客は決して入れない。この店は一にも二にも鮪《まぐろ》。同じ大間《おおま》なのに、ここのは、血統書が付いているのではないかと思った程だ。鮪特有の、脂の後ろに隠れた深みのようなものが感じられるのは、熟成させ真ん中に残る部位だけを使うからだ。食べる所より捨てる所が多い、と言ったら言い過ぎだろうか。僕は、「そこ持って帰りたい」と心の中で何度叫んだ事だろう。この店の赤身を好む人が多いというが、僕は中トロだけ、それも立て続けに握りを食べる。というより、頃合いに目が合うと、新津さんが物凄い早さで握り始めるので、僕は機械のように同じ間隔で出される三個の握りについていくだけなのだ。出す、食べる、出す、食べる、二十数回繰り返しちょっとペースが落ちると、彼は安心したように隣の席に鮪を置く。祖父が存命の時は、「他のお客様に迷惑がかかる」と言って、僕は最後まで握って貰う事が出来ず、ずっと待っていた。「武、そろそろいいぞ」との祖父の一言が本当に待ち遠しかった。きっと躾《しつけ》の意味もあったのかと今は思っている。「きよ田」ではやらないが、大トロを炙《あぶ》って握るのは、ネタに自信がないからだと僕は思う。新津さんは弟子もとらず一人で握って十年以上前に若くして引退した。

家、家にあらず。次ぐをもて家とす。
人、人にあらず。知るをもて人とす。
（世阿弥）

昨今は潔い大人を見る事が少なくなった。彼はいつも「偉いのは鮪です」と言っていたが、僕はだんだんその意味が解ってきた。自分はいなくなっても、日本の近海鮪と、目利きの職人がいる限り、江戸前の寿司屋は永遠なのだという事。先般、と言っても五年程前だろうか。新津さんが、週に一度とある寿司屋で握っているとの噂を聞きつけ再会した。少し大きくなった握りに、あの時の鮪だと僕は直覚する。そう、彼の師匠、藤本さん晩年の鮪である。ふっくらと、でもしっかり握られたちょっと大きめの軽快な握り。血縁よりずっと濃い世界なんだと羨ましく思った。

「きよ田」には祖母とよく通った。初めての野球観戦は、トロ丼をお弁当にして貰い、後楽園球場で食べた。今思えば、贅沢な事である。「きよ田」は、祖母の定宿？ 日比谷病院から近い事から、病院に出前を頼む事もあり、怪訝に思って聞くと、「お医者様は年に一度のきよ田の寿司を楽しみにされているからいいの」と、祖母はいたずらっぽい笑みを浮かべる始末なのである。

一にも二にも鮪と先に記したが、例外が一つある。八月の末から九月初旬にかけて揚がる小肌《こはだ》の新子《しんこ》と、新烏賊《いか》（スミイカの子ども）である。僕は神楽坂のとある寿司屋に、年に一回だけこのコンビを食べに行く。他の時期が悪いというのではなく、恒例行事のようになっただけだが、気合を入れて主人と対峙する。昨夏は負けた。今から今年の雪辱戦が楽しみである。新子も有名になり、まだはしりの三枚付けとか四枚なんていうのを、「かわいい」なんて有り難がる人もいるが邪道である。僕はある程度育った小肌になる寸前を好む。あっさりした中に、熟す前の可憐な肌が感じられるからである。うす塩をした後に、酢で〆る単純な作業だが、同じように酢で〆た鯖や鯵《あじ》とは、一線を画す。艶のある白い肌に、儚《はかな》い無常の日本美を観るのは僕だけだろうか。洗練された鮪の脂とは違う、派手さはないが、江戸文化の粋が、この仕事に生き続けているように思っている。

2

春のおとずれ

桜鯛と富山のホタルイカ

弥生、最初の節気を、啓蟄《けいちつ》といい、冬に眠っていた小動物が、穴から出て活動を始める頃である。弥生の「弥」には、「いよいよ」という意味もあり、そんな言葉に接すると、日本の自然の機微に感謝せずにはいられないが、今年は急に暖かくなり、冬の間じっと、小さな生命を育んでいた土の中の虫たちや、草花たちも春の身支度に忙しかった事だろう。

僕は蕗《ふき》の薹《とう》と筍《たけのこ》が好きだ。祖父母が住んだ東京郊外の家には竹林があり、頃合になると、「筍がそろそろだ」と祖父から呼び出しがある。大工仕事が好きだった祖父は、作業着のまま、一緒に掘った。近所の農家の方も手伝いに来てくださり、プロは鮮やかな手並で、あっという間に籠が一杯になる。同じ時分に蕗の薹も採れた。これはさっと湯がき細かに切って、味噌を酒で溶いたものと和える。これは酒の肴にいい。掘りたての筍はすぐ灰汁《あく》抜きして、煮たり焼いたり、最後の締めは筍飯にして、さきの蕗の薹と一緒に食べたりした。どちらも独特のえぐい風味が、「今年も春が来たんだ」と実感出来、新たな活動へのエネルギーになる。

先年、筍の白子というものを味わった。象牙色した最高級のものを「シラコ」と言う。まだ赤ちゃんのように柔らかく、さっと湯がいただけで食べられ、えぐみもない。筍は新鮮なものが美味《うま》いのは当たり前だが、やはり手入れが行き届いた、京都の美林のものが一等だ。西山丘陵の嵯峨野から大山崎にかけては、東洋一という全長十二キロにも及ぶ竹林が広がっている。一年中青々として昼間でも薄暗い竹林は、京の景観に欠かせないものだ。祖父母と交流のあった京の料亭主人が、時々掘りたてを送ってくれた。僕はこんなにも違うものかとうなっていた。これが食文化、なのだ。筍は、『古事記』にも登場する。竹林は、長い時間かけて形作られた日本の原風景のひとつである。

海の王様　真鯛

「春分」が過ぎ入学シーズンを迎えると、日本は桜一色になる。五月の連休に見頃となる東北の桜もかなりいいが、三月を、「桜月、花見月、花咲月、花月」などと呼び、これは桜の季節であることを指している。「山は富士、花は桜」というわかりきったわが国の核をなす文化だ。そして、大地ばかりではなく、海に囲まれたわが国では、春になると魚の王様が輝いてくる。「魚は鯛《たい》」、それも真鯛が王様であろう。中国では鯉《こい》が好まれ、北欧ではチョウザメが、スペインではメルルーサというように、魚の嗜好が味だけでなく、美意識をも如実に示しているようだ。桜が咲く頃の、桜色に艶《つや》っぽく染まった真鯛を特に区別して、桜鯛とか花見鯛と言う。見た目がひと際素晴らしい上に、産卵前の脂ののりも程好く、透き通った旨味がある。この桜色した姿がなければ、秋から冬にかけての味の方が、僕は美味いと感じるのだが、見た目という美意識が加味されるから面白い。

日本人と鯛とは、長い付き合いだ。縄文時代の貝塚や、窯の跡から鯛の骨が発掘される事から、当時から生食のみならず焼いたり煮たりして食されていた事がわかっている。『日本書紀』や『風土記』といった古代の文献にも、「鯛」の名が記されている。ちなみに『古事記』に現われる魚は、他に鮎《あゆ》と鱸《すずき》だけである。このように古代から珍重された鯛は、朝廷への貢物に用いられ、武士の世になると見栄えする姿形や、赤色を貴ぶ仏教、儒教の影響も加わり、美意識をも象徴するものに昇華したのである。「花は桜木、人は武士、柱は檜《ひのき》、魚は鯛」とは、一休宗純の遺した言葉だが、今でも「めでたい」の語呂合わせの風習は色濃く、結婚式などの祝い事や、神様へのお供えに出てくるのも、最初が鯛とほぼ決まっている。元旦の祝い膳に鯛がつくのもお決まりだが、すぐに食べず出来るだけ先延ばしして食べる。これを「にらみ鯛」という。大相撲の優勝力士が嬉しそうに片手で持つのも然りで、このように神事や祝い事には欠かせない定番なのだ。

　鯛はまず刺身だ。皮付きで湯引きにしたのも良し、皮を炙《あぶ》っても美味い。余ったらしゃぶしゃぶと、こんなに料理法が多彩な魚も少ない。頭の中心に包丁を入れ、半分にしたものをすぐ塩焼きにせず、僕は薄塩をして三日程度冷蔵庫で寝かせたものを好む。焼いたときに、骨のまわりにへばり付く身のねっとり感が増すからだ。特に唇とカマ、目の周りは力強い天然自然の甘さに溢れ、骨をしゃぶり、稀に形のいい「鯛の鯛」に出会うと、幸せな気分になる。大きな鯛は中骨を折り、髄をすする。表面をバーナーで軽く炙って、酒をふり酒蒸しにしても、ほのかな香ばしさが残り、出汁もなかなかの美味だ。昨今は、六十℃くらいの出汁で煮る料理法にハマっている。オリーブや大蒜《にんにく》との相性も良いので、洋風出汁と合わせる事もある。兎に角、捨てる所がないのである。

民族の記憶である鯛に、僕は毎年むしゃぶりついているが、プロに任せた方がいいのが潮汁《うしおじる》だろう。このお椀には、日本料理の粋《すい》が詰まっていると言っても過言ではあるまい。塩加減がもっとも難しいものの一つなのだ。

　鯛が多く取れる瀬戸内海には、「明石の鯛」というブランド魚があるが、日本海側にもう一つ忘れてはならない鯛がある。甘鯛《ぐじ》、それもひと塩した若狭のグジが好物だ（「1 祖父母の思い出」参照）。海まで遠

古備前陶板（室町時代）の裏側に載せた明石の真鯛。陶板は窯道具のひとつで、何度も使ううちに表側には徳利や皿を置いたあとが丸く残る。その模様をぼた餅といい、後世には人為的に模様をつけるようになった。

い千年の都・京都は、日持ちさせるためひと塩した魚文化が発達した。若狭の小浜《おばま》から京都への道を鯖《さば》街道と呼ぶが、塩鯖だけでなく鯛も多く運ばれた。小さな樽に詰められた小鯛の刺身は、日持ちもするので重宝する。そして京に届く頃、ちょうどいい塩加減となっているのだ。特に冬のグジの刺身は、ねっとりした舌触りに脂がのってこたえられない。真鯛とはまた違った格別なものである。中でも塩焼きなら白色のグジの美味さは、ワンランク上で、京都ではこれを「白川《しらかわ》」という。名の通り姿が赤くなく白いのだが、突然変異した神の遣いのようにも思う。それほど神々しい姿だといつも感じている。

先に鯛を、「刺身でも焼いても蒸しても捨てるところがない」と記したが、酒のつまみに最適なのが内臓の塩辛だ。ただ、量を扱う店でないと塩辛に出来ないので、家では胃袋や卵をさっと炊いている。極めつきは焼き真子《まこ》で、河豚《ふぐ》の白子にも負けてはいない。ここに極まったというべきか。自然からの贈り物は、食されて成仏したのである。何万トンもの食べ物が廃棄処分となり、食料自給率三割台に過ぎない飽食の国、日本。せめて余すことなく食べるのが礼儀であろう。食は人が生きる上で欠かせないもの。当たり前の事だが、地球上には飢餓で苦しむ地域も多く、これから益々食糧危機というものが現実化してくるという専門家もいる。だが、真正面から取り組まず、地球の裏側からもあらゆるものを輸入し、鯛にかぎらず養殖ものを見かけることが多い。季節の恵みをちょっとだけ味わい、余すところなく食べて僕は生きていこうと思う。僕はグルメではないが、季節感と日々の食は非常に大切なものだと思っている。出来る限り出来合いのものは避け、化学調味料は使わずに過ごしている。好みから砂糖は使わない。味とは人それぞれではあるが、「三つ子の魂百まで」と俗に言うように、子どもの時分の味覚が一生を決めるようである。

子どもの頃の記憶

僕は鎌倉で育った。母方の祖父の家は、鎌倉八幡宮の裏山にあった。晴れた日は三方山に囲まれた遥か彼方に、伊豆大島が真正面に浮かんで見える。紅葉は冴えない鎌倉だが、新緑を迎える季節はなかなかだ。子どもの頃遊びに行くと、ちょうど芝生も伸び盛りの時期で、手押しの芝刈り機を、カラカラと音をたてて押すのが楽しみだった。なかなか真っ直ぐに刈れず、刈り残した所や、虎刈りになった場所を二度刈りする。隅は刈れずに残る。袋が一杯になると、裏の焼却炉に運ぶのだが、刈った芝生を出すときのプーンと甘い匂いを今でも思い出す。五感の記憶は、ずっと残るものだ。

鎌倉は海の傍だったので、毎日、特に青魚ばかり食べていた。相模湾で一年を通していいのが鯵《あじ》であろう。刺身や塩焼き、干物など、隣町の腰越や江の島の浜辺で天日干しにされている風景の中で育ったが、鯵は、いわば日常の味で、有名な「関鯵、関鯖」の品質には遠く及ばない。私見だが、和歌山の加《か》太《だ》から紀伊半島を越えると、真鯛などの大型の魚は、違うものになるように思う。相模湾までくると、残念ながら脂が澄んでないと今は感じている。ただ鯖に例外があって、三浦半島の佐島《さじま》や松輪辺りに根付く奴が居て、それは別格だが、たまにしか見かける事はない。ちなみに佐島の蛸《たこ》は有名だが、僕はその味がよくわからないから割愛する。伊豆諸島のムロアジという大型なそれは、天日干しにした硬い身を瓶詰めにしたものがあり、ちょっと炙ると酒のツマミに最適だ。「青魚」に属する鯵だが、これは分類学上まとまった概念ではない。その名の通り背中が青または黒色で、腹側が白色であるという見た目と、比較的小型で群れをなし、プランクトンを追いかけて回遊するので、多量に取れることから大衆魚として愛されてきた。「鮪《まぐろ》」も見た目から言えば青魚であるが、大型の高級魚なので後者の概念には馴染まない。最近では青魚に含まれる栄養素ＥＰＡは関節炎に効果があり、ＤＨＡには脳を活性化させる働きがあると言われている。中性脂肪やコレステロール値を低下させ、動脈硬化の予防にもなる、と健康食品として珍重されている。僕は科学的な事には興味がなく、健康のために食べているわけでもない。ただ、子どもの頃からの舌の記憶が欲しているのだと思う。こうしてみると青魚は良い事ばかりのように聞こえるが、弱点は鮮度の落ちが早い事だ。鯖は生で食べられるのはわずかな時間で、〆鯖にしたり、塩鯖にするのはそのためである。鯵と比較すると鰯《いわし》はさらに難しくなる。これらの鮮度の善し悪しは一見すればわかるが、鰹《かつお》の目利きは難しいらしく、「おろしてみないとわからない」魚屋泣かせの魚だそうだ。

相模湾ではでシラス漁が最盛期を迎える。釜揚げが一般的であるが、鮮度が保てる海辺の街では、生で食べる事が出来る。三杯酢に、おろし生姜を加え、スプーンで何十匹を一遍にすくって踊り食い！している。最近では江の島辺りでシラス丼なるものが名物になっていると聞いたので、今年は試してみたいと思っている。余談だが、冬の間に打ち寄せるシラスを網ですくう漁を経験した事がある。同じシラスでも、こちらは鰻《うなぎ》の稚魚で、投光器で海中を照らしてやる。ずっと中腰の骨が折れる作業で、一晩やっても大して取れないが、プロの中にはそれで一年食っている人も当時はいた。

ゴールデンウィークは、昔、ある映画会社が、興行成績のもっとも良かった週を名付けたのが始まりだというが、新緑を味わうには絶好の連休である。東京からだと中央高速を信州へ、桜の名残を嗅ぎながら季節の変化を縦走して感じるのは格別のものがある。この時期是非とも食べて貰いたいものを記す。

日本海に面した富山湾は、天然の生簀《いけす》に譬えられ、水深が深く、暖流と日本海固有水、さらに河川からの豊富な雪解け水が流れ込み、異なる水質が多様な生物の生息を可能とする。富山と言えば、寒ブリ（「10冬の〝すい場〟」参照）や鱒《ます》寿司が有名である。鱒は淡水のニジマスなど色々あるが、サクラマス、所

上：最近では健康食品として珍重されている青魚だが、昨年シチリア島の市場で、鰯、鯵、鰹、鯖、鮪が並んでいて、鰯以外何と「トンノ（TONE）」と記されていて、特に区別せず呼ばれていて驚いた。写真は左から小鰭（こはだ）、秋刀魚（さんま）、鯵、〆鯖の刺身。器は粉引小皿（李朝時代初期）。
下：李朝粉引の祭器（16世紀）にあしらった鰹のタタキ。私見だが、食べ物の器は基本的に白い器が映えるように思う。粉引は、粉をふいたように白いことから命名した日本的呼び名。（いずれも著者料理）

謂海鱒は、オホーツクでの大回遊を終え、春になると、故郷の河口に戻ってくる。今では本当に貴重な魚になってしまった。以前は長良川《ながらがわ》河口のものを数多く見かけたが、河口堰《ぜき》の影響だろう、ここも少なくなった。（マスに限らないが）「魚道があるから魚に影響はありません」とは役人らしい言いぐさである。脂がのって臭みの全くないサクラマス、塩焼きにして食べるが、獰猛な歯と、顎がはった頭に真鯛のように塩をふり、二、三日寝かせたものもいける。

もう一つこの頃、サクラマスと並ぶ美味がある。産卵期群れになって沿岸に泳ぎ着く蛍烏賊《ほたるいか》である。僕はそのシャブシャブが大好物だ。酒入りの出汁で、中の腸《はらわた》が出る直前にさっと引上げ生姜醤油で頂く（手間だが目をとる事を忘れずに）。一口サイズのプリプリした食感に、口の中は中の腸がはじけて春の香りが充満する。酢味噌あえが一般的だが、味噌の味が勝ってしまい邪道である。この烏賊は内臓と一緒に食すのが肝心で、大蒜とオリーブ油と炒める時も火が強いと腸が出てしまうので火加減に注意が必要である。

深海性の発光動物は、読んで字の如く、体に発光器を持つと言うので、それを確かめたく富山へ出向き漁に同行した事がある。常願寺川河口から魚津《うおづ》に至る地域は、「ホタルイカ群遊海面」として、特別天然記念物に指定され、毎晩観光船が出ている。滑川《なめりかわ》で予約したそれが、夜中一時過ぎに欠航と決まり、ならばと漁船を探し、魚津港の第五魚水丸から快諾を得る。漁船の石垣船長は、十五から漁師になり、当時七十歳の海の男だった。父が海の関係の仕事だったので、親近感を覚える。二十人ほどが黙々と働く姿が凜々しかった。

三十分程で魚場に着くと、統制のとれた二艘の連係プレーで定置網を揚げる。段々と海面に鰯や鯵、大きな烏賊などの魚影が見えてくる。巻き上げる網などが当たり、刺激を受け青緑色に光るのが蛍烏賊だった。よく見ると腕の先から、胴体まで体全体が妖しく輝いている。僕は旧知の陶芸家、福森雅武さんと、船に打ち上げられた青い蛍烏賊をほおばった。海の香りに、ピリッと苦い。生で食さない蛍烏賊のもっとも贅沢な一瞬だが、僕は海を生活の糧として、寒風の最中で必死に働く人たちを前に、少し恥ずかしくもなった。綺麗とか、神秘的とかいう浮ついた言葉で飾り、片付けているが、都会の過酷な環境に育った桜が春、子孫を残そうと沢山の花を咲かせ、蛍烏賊は深海の谷間から浮上し、最後の力を振り絞り産卵する。このとき身投げといって、浜に打ち上げられ、腕を振り回し悶え、浜辺を転げまわる事もあるという。生命の根源は命がけなのである。春の生命の誕生と、一糸乱れず働く漁師の姿に、きちんと日々食する事を、改めて決意したのだった。

毎年五月の連休時分の宴には、蛍烏賊を滑川から取り寄せ舌鼓を打っている。(写真船上にて)

3 初夏をかぐ

花山椒と昆布を食すウニ

五月になると、四半世紀前に英国のホームステイ先で、アフタヌーンティーに誘われた時の事を、僕は今でも思い出す。「四度目の食事」と譬えられるように、砂糖の塊のような、ボリューム満点のケーキをしっかり食べ、ミルクティーをお代わりして（ケーキも）ゆっくり雑談をするのだ。左党の僕には、ダブルパンチの、苦痛を伴うひとときであった。こうしたお茶を飲む習慣は、世界中にあり、我が国でも「お三時」に代表される小休止は、朝茶、四つ茶、八つ茶など茶を伴った名称で呼ばれている。

連休の真ん中、立春から数えて八十八日目の五月二日は、雑節の一つ八十八夜である。立夏も近く、夏の準備を始める目安であり、季節の変わり目だ。「八十八夜の別れ霜」とも言い、農家では茶摘みを始める時期で、霜よけに、茶畑は夜ライトアップされる。めでたい数字、「八」が重なる日に、お茶を飲むと長生きすると昔の人は信じていた。お茶を淹《い》れるお湯は沸騰させてから少し冷まし、急須と茶碗はお湯を注ぎ温めておく。面倒でもこうした方が美味い。緑茶が昔から不老長寿の薬と言われるのは、ポリフェノールの一種カテキンが、抗菌力が強く殺菌作用があるからで、古人は経験からそのことを会得していたのだ。

二度の渡宋で、中国から抹茶の法を伝えたのが禅僧栄西《えいさい》である。彼は日本で最初の喫茶の本、『喫茶養生記』を著し、茶を長寿の薬として奨励し、庶民の間にも広めていく。その弟子明恵《みょうえ》は、抹茶を服することを修行の一助とし、僧侶の間に普及するようになる。室町から盛んになった「茶道」を大成させた千利休《せんのりきゅう》は、長い歳月で熟してきた茶道を、新興大名に奨励し、独自の発想で、小空間数寄屋の茶室を完

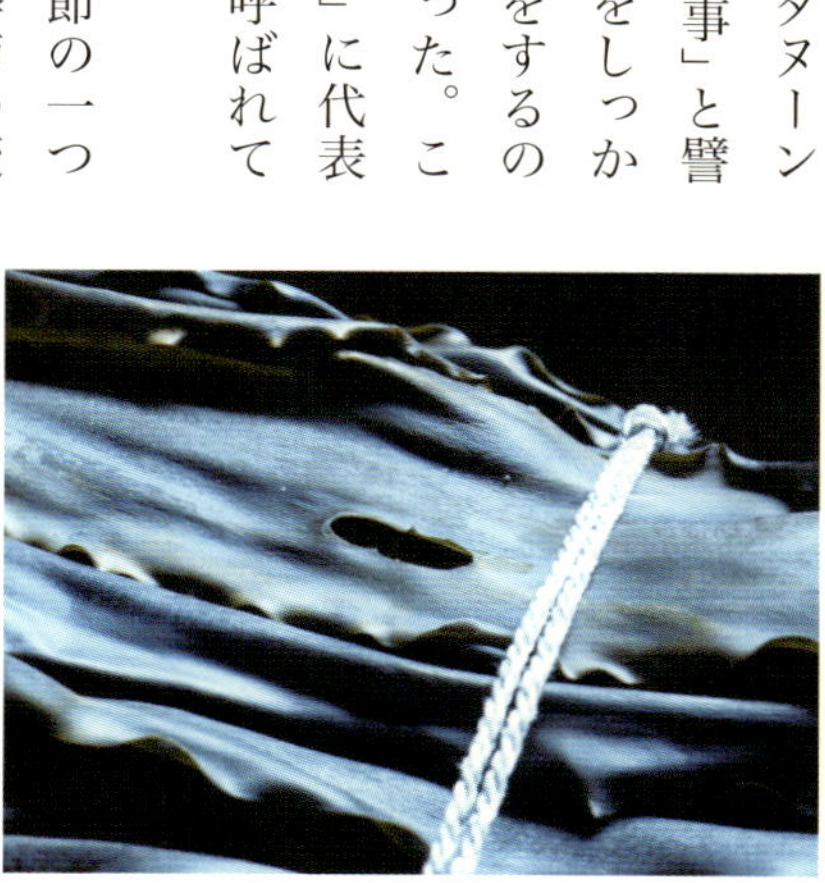

利尻昆布漁は夏が最盛期。そして、利尻のウニはこの昆布を食べて育つ。写真左、昆布中央の穴はウニが食べた跡。

成させた。日本文化の粋は、あの四畳半ほどの空間に集約されていると言っても過言ではあるまい。桃山的な華美を否定し、質素で侘びた中に、人間本来の精神性を求めたのである。言い換えるなら、禅の境地を取り入れ、茶道を完成させたのであった。

「和敬清寂」を本義とし、利休が茶道のあり方を説いた四規七則に、「茶は服のよきように点《た》て、炭は湯のわくようにおき、冬は暖かに夏は涼しく、花は野にあるように活け、刻限は早めに、降らずとも雨の用意、相客に心せよ」とある。素直に受け取れば当たり前の事だ。「茶碗は何度回して飲むべきか」といった礼儀作法は、枝葉末節で、お点前《てまえ》だけが茶道ではなく、肝要なのは亭主や相客に失礼のない態度で、茶を服して楽しむ事だ。数寄屋は、好き屋。趣味の空家という意味もあるのだ。

僕は、比叡山の故・光永大阿闍梨《みつながだいあじゃり》の元で、早朝の御勤めの後に、決まってお茶に呼ばれた。炭をおこし、鉄瓶をゆっくりと温め、そのまろやかな白湯で一服。朝の凛とした空気の中、薄っすらお茶の香り立つ心持は、何事にも替え難かった。「朝茶は七難かくす」と言うが、今流行の「癒し」で最上のものであろう。抹茶以外にも玉露、煎茶など茶の種類も豊富だが、茶碗の中に映える緑色は森林浴にも通じ、茶を点て飲む事はそうした自然と合一する事でもあるのだ。

卯の花の匂う垣根にホトトギス早も来鳴きて
夏も近づく八十八夜　野にも山にも若葉が茂る……

唱歌は、都会人の田園風景への憧れもあったのだろうが、昨今は地方に旅しても山々は荒れ、唱歌のような風景は減ってしまった。春は心弾む一方で、愁いを覚える季節であり、縁側に座って、一人静かにお茶をすすりたい気分になる。僕の好きな水出しの玉露の美味《うま》くなる夏も近い。近頃は美味しいそれに、なかなか出会わないが、先日、大分県の竹田市で見つけた長湯温泉の硬水で玉露を試し、病みつきとなる。水によってこんなにも変わるものかと、僕は瞠目させられた。きっと、英国の紅茶が美味いのは、薬缶がすぐ真白になるほど、石灰分の多い英国の水道水を使うからではないかと思う。

茶の湯とは　ただ湯をわかし茶を点てて
のむばかりなることと知るべし
（利休）

つまり、風土に適したものが文化になっていくのだ。

ゴールデンな季節

ゴールデンウィーク前後、鎌倉の市場に並ぶ空豆は、僕の大好物である。祖父の次郎が栗を食らう（「8 食欲の秋」参照）ように、茹でたてに（茹で過ぎは厳禁）すぐ塩を振り掛け、両手で皮を剥き食べる、を繰り返す。小さなものは皮ごとでもいける。時にはひと手間、水コンロで炭をおこし、さやのまま蒸し焼きにすれば、香ばしい焼き空豆が楽しめる。一週間くらいのわずかな旬の味は、懐かしい故郷の味である。ちょうどその時期、飛騨《ひだ》高山《たかやま》に住む知人が、アスパラガスやトマトなど高原の野菜を送ってくれる。何でも出始めが良いようで、少し前に採れる行者ニンニクは、翌日の口臭を覚悟の上で、小さな

上：花山椒は、雄木の花を蕾のうちに摘んだもの。佃煮にすることが多いが、さまざまな料理に季節のアクセントとして使うことができ、万能の香辛料と言えるだろう。（写真提供・プロモリンク / PIXTA）
下：当初は、スッポン用の鍋として考案したという土楽の黒鍋は、耐火度の強い伊賀の粘土の特性を発揮する万能鍋である。ステーキを焼いたり、またこのようにリゾットにしたりと我が家の定番だ。（著者料理）

うちに生でボリボリ食べている。山菜で唯一の好物コシアブラは天ぷらに、遅い春がおとずれる地からの便りは嬉しいものだ。

万能の香辛料、花山椒《はなさんしょう》は、この時期に雄木がつける黄色の花を摘んだものだ。蕾《つぼみ》のうちに摘まなければならないので、この骨の折れる作業は、時間との勝負である。佃煮にする事が多いが、すき焼き風に仕上げた地鶏の鍋に、鶏が隠れるぐらい山盛りに生の花山椒を載せると、またとない美味さだ。万能と言う訳は、ローストビーフでも、豚のシャブシャブでも、他では感じる事の出来ない味に変身させられるからである。極端に言えば、大した食材でなくても、いい花山椒があれば鬼に金棒だ。丹波篠山のそれを、たっぷり送ってくれた方、お元気だろうか。

貝が輝きを増す時期だ。貝と人類との出会いは先史時代まで遡り、食用のみならず、死者の副葬品や、貨幣にと用途が広がっていった。我が国でも縄文早期の遺跡から、貝製の装身具が出土し、紐をとおすための穴を開けたものもある。古代人は妖しく光る貝に、神秘的な霊力を感じ、財力や権力の象徴として崇め、またお守りとして身につけたのである。

さて、我が家の貝便りは、遠州《えんしゅう》のアサリで幕を明ける。「今度はいつおいでなすっとかね」と、浜松の知人から電話がかかってくる。彼の好みは、漁が始まったばかりの小粒の頃のものなのだが、僕はどちらかと言えば気温があがって大きくなった大アサリだ。これは好みなので仕方がない。寿司のネタに欠かせない赤貝は、三陸のものが有名だが、僕はサザエ同様にこの貝にも興味が向かない。

僕はトリ貝には目がない。能登《のと》や舞鶴《まいづる》は有名だが、「これは」というのには、滅多にお目にかからない。あの、ムシャムシャ、シコシコは、トリ貝だけのものだ。書いているだけで唾が出てくる。臓物は捨てるが、澄んだ水で砂を噛んでいないそれを、さっと塩味で炒めてもらった事がある。たった一度の事だが、こいつにしかない忘れられない味だ。ところが〆切り間際の一昨日、最近見付けた中華料理屋で、それに出くわしたのだ。祖母の正子が古美術への欲望を抑えようと、「念じていればいつかは向こうからやってくる」と話していたのを思い出し妙な気分になる。四川風の辛めの味付けだったが、ひと噛みであの時の感動が蘇ってきた。ムシャムシャ、シコシコ、なんとも尾を引く食感だ。

長良《ながら》川《がわ》河口の桑名《くわな》、焼きハマで知られた宿場町に次郎行きつけの店があった。浜を九里移動するからハマグリだとその地で聞いたが、ほとんど天然はなく、かの地から運んでまいている。でも、伝統という土壌の恩恵か、焼きハマならぬ、蛤のしゃぶしゃぶが美味だった。昆布の出し汁の中に斑《まだら》模様に輝いた貝を入れ、パクッと開いたそれを間髪入れずに食す。貝の茹で過ぎは厳禁だ。清楚なすかっとほんのりした甘み、調味料などまったく要らないが、先に記した花山椒と合わせても良いな、と口一杯の生唾と戦いながら書いている。

これから夏にかけて旬を迎えるのが、貝の王様鮑《あわび》である。我々と鮑との付き合いも長い。記紀の神話にも、勿論登場し、鮑を御神体にする神社や、祭礼もある。不老不死の理想郷とされた熊野や、国家の宗廟《そうびょう》、神宮のシンボル的な存在で、神饌《しんせん》の代表は鮑である。

昔は生きた鮑を、遠方へ運ぶのは困難だったので、多くは熨斗《のし》に加工される。贈答用に添える熨斗は、色紙や印刷したものに今はなってしまったが、鮑の肉を薄く長く剥ぎ、乾燥し伸《の》した「熨斗鮑」が正式である。熨斗は、贈り主の心の清浄と、穢れのない事を示すだけでなく、「生臭気《なまぐさけ》」を添える風習の名残りという。従って、贈り物が魚や肉類の時や、葬式などの弔事には熨斗を付けないのが本来だ。めでたい飾りと神聖なる鮑には、贈り主のもてなしの心がこもっているのである。鮑は、生、煮たり酒蒸しにと、延喜《えんぎ》式《しき》に鮑の種類や、料理法が細かに記され、現代でも高級な食材として珍重されている。子どもの頃、鎌倉では鮑は一般の食卓には上がらなかった。僕の初鮑は、熨斗づくりが盛んな伊勢だった。

中学二年生の夏、僕ら家族は、伊勢神宮で祖母と合流し、宿泊先である志摩のホテルで、鮑のステーキなるものを食した。フォークの当たりは柔らかく、ほのかに甘い身に驚愕し、雲丹《うに》のスープとともにお代わりをした。フランス料理開眼といったところか。近頃は鮑を噛み締めて味わうより、ワタを好むようになったのは、年齢のせいなのだろうか。刺身より薄くスライスし、しゃぶしゃぶにする。書きながら、こいつもきっと、花山椒でいけると思えてきた。日本海に浮かぶ隠岐《おき》の島《しま》には、顔の大きさほどもある鮑がいると聞いた事がある。これはまだ未体験だ。

ゴールデンな季節は雲丹に極まる

連休に毎年のように、兵庫県の淡路《あわじ》島に通っていた時期がある。まだ橋が出来ていなかった島は、玉ねぎ畑だらけで、田舎の良さに溢れていた。前回（「2 春のおとずれ」）記した「桜鯛」は、ここが本場で、同じ海域の明石より安価である。僕の目当ては鯛ではなく雲丹であった。朝、小型な板状の箱に入っている小粒のそれを、福良《ふくら》港に買いに行くのが楽しみだった。一枚五百円！　学生の僕でも買えた。大きな身の馬糞雲丹しかしらなかったが、こいつの虜になる。薄く塩をして豪快にスプーンですくって食べたり、丼や手巻き、何枚か重ねて蒸し焼きにと、安価な事も手伝って色んな方法で鱈腹《たらふく》食べる。先年、近所の寿司屋でそれが出てきて、二十年以上前の記憶がみるみる蘇り、箱ごと貰い、酒のつまみに。最近では、巻きすでしっかり巻いた雲丹の海苔巻きにはまっている。軍艦とはまるで違う味覚で、小粒のは、巻いた方が良いかと感じている。

同じ雲丹が日本海に面した維新の町、萩《はぎ》にある。先日、二十数年ぶりに訪ね、記憶を頼りに歩き廻ったが、寿司屋を見付ける事は出来ずに終わる。白壁と蔵に囲まれた武家屋敷が並んだ界隈の風景は目に焼き付いている。これは山口出身の光永大阿闍梨との旅の思い出である。僕は小学生の頃は、雲丹が一番好きだった。「雲丹、イクラ、マグロ」覚えたての単語を、寿司屋で連呼していた。「信哉はまた雲丹か」と隣の祖父は呆れて言う。当時、東京では先のような小粒の雲丹はお目にかからなかった。

僕は週に一度、利尻《りしり》の昆布で出汁をとる。その昆布を食べて育つのが蝦夷《えぞ》馬糞ウニで、大粒の身が殻の中に一杯詰まっている。余談だが、僕は京都の乾物商から一等（昆布の等級）の半端を仕入れ（葉の長さが九十センチ、末口幅五センチ以上のものを一等とし、四等まで細別される）五センチ角に切ったものを三枚一晩水に浸け、翌日、火にゆっくりかけ、出汁をとる。これを冷蔵庫で保存し、酢の物やおひたしなど様々なものに活用している。利尻の昆布を好むのは、他に比べ味が澄んでいるからだ。欧米のブイヨンなど世界各国には味覚の基礎があり、昆布出汁は我が国を象徴するものである。

前述の貝と同様、海藻もまた人類は古くから食してきた。正倉院の古文書には、干した海藻を支給したと記され、一番の高級品である昆布は、平城京に運ばれた。当時はほとんどが、「しゃぶりもの」で、出汁をとるようになったのは鎌倉時代に入ってからだ。能楽の「昆布売り」にある通り、平安京には小《お》浜《ばま》から運ばれてきた。都への大動脈、日本海航路北前船の主要寄港地には、豊かな昆布の食文化が花開いたのだった。

昆布はほとんどが北海道沿岸に生息する。産地はその開拓史とともに細目《ほそめ》、本場《ほんば》折《おり》、三石《みついし》、長《なが》昆布と暖かい地方から寒い北へと変遷する。従って利尻は後発のものである。僕は現地に通い、書く事を信条としており、馬糞ウニと昆布の故郷にも行った事がある。夏の最盛期、この地の朝は早く、三時頃から明るくなってくる。真っ黒に日焼けした利尻の昆布漁師は、我々の突然の訪問を親切に迎えて下さった。ここ数年は海水温が上昇し、黒い肉厚のいい昆布が少なくなったと少し寂しげだった。その日に採れた昆布は、その日のうちに干すので、漁の時間は限られている。陸からは大した波に見えなくても、揺れる小舟から専用の棒にひっかけて引き揚げるのは大変な重労働のように見える。

水平線から太陽が昇ると、漁場から干し場に、採れたての昆布が慌ただしく運ばれる。小石を敷き詰めた上に、家族総出で昆布が並べられる。天日干しだからこそ旨味の凝縮した一級品が出来るのである。朝日にキラキラ光る昆布は、黒い小判のようにうつったかもしれない。昆布の横綱を、黒帯千利というが、これは厚さと黒さで決まる。利尻昆布の一等は、ほとんどが京都の問屋に行くという。京料理に欠かせない鯛の潮汁《うしおじる》は、日本が歩んだ民族の歴史と、食文化の結晶である。日出ずる国の、東の果てで採れる海の恵みが、日本料理の基礎になり、おせちに欠かせない昆布巻きを生んだのである。漁師は、穴の開いた商品にならない昆布をなげき、売り物を食べる厄介者のウニに「馬糞」の名を付けたという。ノナの通称があるキタムラサキウニは雑食だが、地元でガンゼとも呼ばれる馬糞ウニは、昆布だけを食す贅沢ものだ。浜の近くにあった食堂で食べた馬糞雲丹の丼の甘味に、ほのかに昆布出汁の旨味を感じたのは気のせいだったのだろうか。

4

鮎だより

四万十川、荘川、高津川、長良川

毎年梅雨の頃になると、京都の平野屋さんから「鮎だより」が送って来る。小田原提灯というのだろうか、少し長めの折りたたみ式の提灯に、朱の鳥居が描いてあり、その下に「平野屋」と書き、鮎だより申し上げます、と記してある。

ああ、今年も鮎の季節になったナ、そう思ったとたんにそわそわして落ち着かなくなる。ただの葉書か広告であったなら、捨ててしまうかも知れないが、心のこもった趣向がうれしくて、何となく鴨居の隅にかけている間に提灯が十いくつもたまってしまった。今年は運よく仕事があったので、「鮎だより」を貰うとすぐ京都へ飛んで行き、昨夜帰宅したばかりである。

（白洲正子「鮎だより」）

祖母（正子）と京都は、切っても切れぬ間柄だ。結婚式は京都ホテルで、清水《きよみず》に定宿があり荷物は置きっぱなし、分骨された母親のお墓が清涼寺近くにある。祖母との旅の起点は京都であり、「今日は天気が良いから琵琶湖のほうへ行こうかしら」と、今出川にあった馴染みの店で棒寿司を買って、出掛けるのである。そして、結果的に最後となる旅の地も京都だった。暑い最中車椅子で鮎を食べに行く。

その京都旅行は、晩年の親友、免疫学の多田富雄先生をお誘いし、馴染みの骨董屋や、「一度泊まってみたい」と念願していた「俵屋旅館」に。翌日の昼、鮎を目指す。道中に清涼寺の方角をじっと見ていた

上：日本を代表する清流・四万十川での鮎の友釣り。（協力・福森雅武）
下：鮎の塩焼き。皮がぱりっと香ばしく、程良い苦味がたまらない。

のが印象に残っている。三歳だったひ孫が、鮎をおかわりしたのに、笑みを浮かべながら、祖母の口癖「私は鮎だけでいいの」と三匹頭からバリバリやっていた。八十八で亡くなった年の夏、健啖家と言えるだろう。

年をとると、平野屋さんで鮎を食べるのも、これが最後ではなかろうか、と毎年のように思う。別に鮎にかぎるわけではない。花を見ても、月を眺めても、そのような想いは、年とともにいよいよ深く、こまやかなものになって行く。これを老人に与えられた神の恩寵と思って感謝しているのだが、私はよほど楽天的にできているのだろうか。それとも欲張りなのであろうか。どちらにしても、人間にはこんな風にしか生きられないというものがあり、死ぬまではそんな風に生きて行くしかないと覚悟している。

（白洲正子「鮎だより」）

晩年はこの文章のように、死を意識しながら過ごしていた。昏睡状態から覚め「あの世への一歩手前で能を舞っていた」とあっけらかんと話す祖母を見て、明治の人の覚悟のようなものを感じた。老いれば老いたように生を楽しみ、死の恐怖と上手に付き合い、「また、平野屋さんに行ってきたよ」と満面の笑みで話すのである。

京都・奥嵯峨の「平野屋」の鮎だより。写真は贔屓の客にのみ贈られる名入りの提灯。祖母（正子）も鮎だよりの到着を心待ちにしていた。

京都の料理屋へ行くと、「阿多古祀符《あたごしふ》　火迺要慎《ひのようじん》」と書かれたお札を眼にする。文字から、「火」に関係したものとわかるが、「平野屋」さんは、その愛宕山《あたごさん》参拝の茶店である。愛宕山は、京都市街のどこからでも遥拝できる一番高い山で、平安京の鬼門、最澄《さいちょう》が開いた比叡山《ひえいざん》に対し、黄泉国《よみのくに》出雲に通じる戌亥《いぬい》（西北）にある。愛宕山は、丹波《たんば》の国との塞《さえ》の神であり、神門に当たり、妖怪鬼神が住むと恐れられ、中でも天狗は、鞍馬《くらま》とともに有名だ。

愛宕山は役行者《えんのぎょうじゃ》と泰澄《たいちょう》大師により開創されたという。修験《しゅげん》の山伏と天狗は一体化し、魑魅魍魎《ちみもうりょう》の山は鎮護国家の道場になる。明治までは白雲寺が栄え、愛宕権現と呼ばれた。弘法《こうぼう》大師が最澄へ灌頂《かんじょう》の儀式を行った和気《わけ》氏の氏寺神護寺は、平安京を護る北の砦だ。将軍家の東照権現、吉野《よしの》大峯《おおみね》の蔵王権現……各地の権現信仰は、千年続いた神仏習合、日本のかたちである。僕は明治の神仏分離令により、神と仏を整理した事によって、長い間培ってきた神仏習合という伝統が損なわれたように思えてならない。各地の信者は、講を組織し、近世には、「お伊勢七度、熊野へ三度、愛宕さんへは月参り」と謡われたほどの賑わいだった。

京都の愛宕神社は、全国にある九百社の本社で、主祭神は火の神、迦具土神《かぐつちのかみ》だ。本居宣長《もとおりのりなが》は迦具土が生まれたとき、母イザナミを焼き殺した仇子《あたご》ゆえに、この神をアタゴと言うとしたが、近世に入り、市中で火事が増加したので、火除けのお札と樒《しきみ》を受ける参拝者で賑わうようになる。本社では毎年七月三十一日から八月一日に参拝すれば、千日参拝したと等しい功徳がある「千日詣《まいり》」が行われているという。僕はそれを信じ、いや、ついでに頃合の鮎を食べてやろうという不謹慎な魂胆で、参拝した事がある。

祇園《ぎおん》祭も終わり、梅雨明け前の京都はどんよりしていた。この時期、鱧《はも》は最盛期を迎え、高値で取引される。愛宕詣の起点となる嵯峨《さが》釈迦堂《しゃかどう》清涼寺の門前で、春に見た念仏狂言を思い出す。その後に行われるあの火祭も、愛宕の火の神と密接な関係にあるのだという。あの「平野屋」さんの住所表示は、鳥居本といい、愛宕神社の一の鳥居横の意である。「是ヨリ愛宕山頂マテ五十町」と古図にあり、ここから清滝までを、「試坂」と呼び古典落語に登場するほどだ。

いつもの調子で、冷たいビールと鮎でいい心地になる。「お参りされるのですか」女将さんは呆れ顔である。余談だが、ここの竈《かまど》は、一見の価値があり、火の神が清められ鎮まっているように感じられる。その火で焼かれた鮎を、「泳いでいるように焼かれている」と祖母は記しているが、尻尾に過剰なまでに化粧塩された塩焼きはダメだ。これは一つの目安で、焼き方を知らぬ店だと思っていい。焦げるのを保護すると言うが、焼き方が下手なだけの事で、頭から尾まで、ボリボリ食べられない鮎ではダメなのだ。

満腹、僕は、ちょっとズルして、「茶屋多シ」清滝から登る。だが、ここからでも四十町ある！　特にはじめの十町ほどの急坂は、運動不足には堪える。すでに下って来る人と、「お下りやす」「お上りやす」と声を掛け合うが、段々声を掛ける余裕も無くなる。十五町くらい登ると、下界にネオンや、京都タワーも見える。鮎を食べた幸福な時間は消え去り、高い湿度で全身汗まみれ、思考は停止する。おまけに折からの雨も手伝って、参道はズルズルだ。

「月参り」と言うから気軽なものだと舐めていた。鮎を鱈腹《たらふく》食べたのもいけなかった。心がけが悪いと言えばその通りだが、食欲に勝てないのは遺伝だからと諦める。江戸時代には、参詣を兼ねた物見遊山の旅が流行したが、上方では山が近くにあるためか、松茸狩りや菜種狩りと同様、「山遊び」がごく普通の事だ。大峯山山上の山開きに参拝した時、大阪周辺に住む中学生の男子を連れた親子何組かに遭遇した。十三歳を迎えると、大峯山に登り、行場《ぎょうば》である「西の覗《のぞき》」の試練を受けて大人の仲間入りをするという習わしがある。歴史の重みはこんなところに現れる。京都人はピクニックでも行くようにとても楽しそうで、三歳未満の幼児が、千日詣にお参りすれば、一生火事に遭遇しない、ときっと信じているのだろう。幼児を担いで登る人や、抱えて下りてくる母親と度々すれ違う。悲壮感はなく信仰心に溢れている。かなり年配の方が、真夜中の参道をゆっくりと登る姿には脱帽だ。山麓から山頂まで、終夜押すな押すなの盛況で、日頃京都で垣間見る「固有信仰」の真髄を、太古からの神山でも見た思いがした。

鮎を訪ね各地を巡る

僕は、「鮎だより」の子孫。京都だけではなく鮎を訪ね各地を巡る。古来、川は交通手段であり、周辺に文明が栄えた。わが国には黄河やインダスのような大文明が興った肥沃な大河はないが、土地の生活に密着し、人間にとって欠かすことの出来ない水や、食料を運ぶ恵みであった。だが、生活が便利になるにつれ、自然をコントロールしようとする近代化は川を破壊し、海岸はテトラポッドが置かれ、美しい川の両側は、堤防で固められた。上流にはダムが建設され、生物は生きることさえ困難となった。川の堰《せき》に「魚道」と呼ぶ専用の通路があるが、これも人の身勝手な発想である。僕はある豚小屋に、「非常口」と書かれた扉を見た事がある。どうも役人は、家畜は字が読めると思っているらしい。昨今エネルギー、食糧、水など人間の生きる環境も厳しくなってきた。これは人類が自然の中で生かされている事を放棄した結果、今そのしっぺ返しを、受けようとしているように僕には思える。

さて、鮎は古事記に「年魚」と記され、多様な呼び名があり、神武《じんむ》天皇の即位の際や、神功《じんぐう》皇后が戦運を占ったことから「鮎」の字を当てるようになったという。先の「鮎だより」の提灯には、必ず一筆添えられていて、「一雨毎に鮎は大きくなるようです」と今年はあった。ある夏至の頃、僕は念願の四万十《しまんと》川《がわ》に行く機会に恵まれた。

四万十川はダムのない川で知られ、日本の多くの河川が直線的な急流であるのに対し、蛇行を繰り返しながらゆったりと流れる稀有《けう》な川としても有名である。鮎の他にも鰻《うなぎ》、鱸《すずき》などがいて、ユニークな漁法が発達してきたが、鮎釣りと言えば友釣りであろう。縄張りを持つ鮎の生態を利用し、囮の鮎を使い攻撃してきたところを引っ掛けて採る日本独特の方法である。僕が通っている京都の日本料理店主人は、毎日早起きして出掛け、真っ黒な顔で、友釣りを楽しんでいる。料理屋には鮎のウルカが大量に保存されていて、「食べ頃はまだ」といつもいう。後述する塩焼きはビールだが、ウルカは日本酒の供である。ウルカを肴に酒をちびりやりながら、焼けるのを待つ。最上の時間である。

四万十川でも上流部の支流、梼原川《ゆすはらがわ》がいいとの事だった。釣れたばかりの鮎は、西瓜《すいか》を割ったような香りがする。鮎は「香魚」とも呼ばれるが、食は味覚だけでなく嗅覚でも楽しむものだ。食べ物の匂いはそのまま国の文化である。僕は鮎の塩焼き、それも落ち鮎といって子をもった大ぶりのより、頭から尾まで、骨まで食べられる大きさを好む。皮がぱりっと香ばしく、程好い苦味がたまらない。早速、河原で焼く準備を整え、知人の釣りの成果を塩焼きにする。大きさも程好く、焼くほどに香ばしさが漂い、腹の辺りは薄っすらと緑色を帯びている。鮎は綺麗な水草を鋭い歯で食べるので、腸が草色になるのだ。川の源流部は、「不入《いらず》山《やま》」という禁足禁伐の一画があり、古くは注連縄《しめなわ》が張られ、「入らず山」として長くお守りしてきたという。鮎は清流にしか生きられない魚である。この鮎は、四万もの川が集まったという四万十川の水源を司った山の神の贈り物であり、そうした山や水を大切に守った先人を見習い、数多の清流を取り戻したいと思う。

僕は、三重の宮川《みやがわ》上流、滋賀の安曇川《あどがわ》や、和歌山の龍神温泉に出掛けて、友釣りの成果を食す。何より釣りたてに勝るものはない。富山の庄川《しょうがわ》ではヤナを設《しつら》え、その横で食べさせている店もあった。最近は上流の湯谷《ゆだに》温泉の料理屋に通っている。どこも先に記したように、尻尾までちゃんと焼いている。昨年は島根の清流、高津川《たかつがわ》に行ってみた。素朴な町の小さな料理屋は、東京に出店がある。ちょうど津和《つわ》野《の》の祇園祭があって、ユニークな鷺舞《さぎまい》も堪能する。鮎の最盛期なので、折角なら祭りの日程に合わせると両方楽しめて、得をした気分になれると思う。

長良川《ながらがわ》　鮎の鵜飼《うかい》

鮎の〆に、かの有名な鵜飼について記す。

鵜飼は古代エジプト起源説があるほど古いもので、中国から東南アジア各地に広く分布する。わが国は、「鵜川、鵜野、鵜の木……」と鵜の地名は多く、鵜飼は万葉に詠われ、記紀に記述がある。豊玉《とよたま》姫の産殿は、鵜の羽で屋根を葺き、生まれたのが神武天皇の父、鵜葺草葺不合命《うがやふきあえずのみこと》であるのも興味深い。東大寺のお水取りも、「鵜」が大活躍である。古来神々と深い関わりがあったようだ。

現在、各地で鵜飼が行われており、宇治川《うじがわ》や嵐山《あらしやま》の鵜飼は、平安以後の宮廷鵜飼の伝統をひくものだ。武家に庇護された鵜匠制度は、尾張藩の長良川が好例で、鵜匠の山下純司さんは、現役バリバリの七十代である。名刺に宮内庁式部職とあり、御料鵜飼として鮎を皇室へ献上している。その誇りが鵜匠を支えているように感じる。山下さんは二十数羽の海鵜を飼い、寝食をともにし、読んで字の如く、「鵜飼」であり、鳥の弟分のように同じ空気を吸う匠《たくみ》の生活だ。朝起きてまず鵜の体調を確認し、今晩漁に連れていく鵜を決める。野生の鵜は、特別な訓練をしなくとも、仲間の先輩を見て覚えるという。五月十一日から十月十五日の漁期間は、中秋の名月一日しか休みはない。

夕方、鵜は籠に入れられ川へと運ばれる。鵜は一羽一羽個性があり、相性の善し悪しもあり、順番を間違えると喧嘩になったりする。匠の藍染の仕事着は粋で、船も高野槙《こうやまき》で作られた贅沢なものだ。道具からして一流である。篝火《かがりび》を船に載せ、傾きはじめた夕陽を背に、斎藤道三や織田信長で名高い岐阜城を右手に、鵜飼の鮎を食べさせる座敷や、飛騨《ひだ》牛の焼肉が美味い店を左手に見ながら上流へ。ときどき早瀬でエンジンが悲鳴をあげるのは、川底が浅いせいで、熟練の船頭が蛇行して進む。

完全に日が沈むと、鵜を籠から取り出し、首に縄をつけるのだが、その前に一羽一羽、鵜の首を、手のひらや指先で丁寧に撫ぜ、やさしい眼差しをむける。鵜も気持ちよさげだ。鵜匠と鵜の神聖なる儀式で、互いに深い信頼関係で結ばれているのだ。鵜匠は見事な手さばきで、十二本の縄を操る。縄の先にくくり付けられた鵜は、潜水を繰り返し、時折引き上げられ香魚を吐き出す。「鵜呑み」である。片手でぐっと握られた手から、蛸《たこ》の足のように、しなやかに延びる縄の動きに無駄はなく、まるで意思があるかのようだ。二本の腕そのものが、縄と一体と化し、鵜はあたかも匠の分身のようだ。

鵜飼は残酷なものだという考えを改めなくてはならない。子どものような鵜は、積極的に魚を採っている。「鵜の目」は、鮎の一瞬の動きを見過ごさない。宮本武蔵筆の「鵜図」は、鵜の動きを見た剣豪が敬意をもって描いたのではなかろうか。一糸乱れぬ「総がかり」の後、船底をたたく音で漁は終わる。戦いを終えた鵜は、満足しきっているように見えた。そして鵜は鵜匠の下で、その一生を全うするのである。

松尾芭蕉が「おもしろうて　やがて悲しき　鵜舟かな」と江戸時代から賑わった長良川。かつてはここに紹介した高津川でも、「放し鵜飼」という鵜飼を放した漁法もあったというが、途絶えてしまった。

5

料理事始

英国・スコットランド紀行

「僕はお餅食べないから」と父。「え?」、と聞き返す母。「そうそう、お節《せち》もお屠蘇《とそ》も、嫌いだから要らないぞ」と畳みかける父。新婚当初、両親はこんな会話を交わしたようだ。従って僕もお餅を食べないし、お正月にお節があった記憶がない。正確に言えば、小林の祖父母と湯河原の温泉場で、お正月を迎えるのが恒例で、自宅不在だったのである。父の母、白洲正子は華族のお姫様、当然料理をしたことがない。一度、僕のために林檎を剥こうと試みた祖母だったが、皮のほうが厚かった! きっと、父の幼少期に、「おふくろの味」は存在しなかったのだろう。

祖父母は青春時代を海外で過ごした。祖父の次郎は英国、祖母は米国だった。僕は一度だけロンドンのお正月を経験している。クリスマスのイベントが終わると街は静かになり、大晦日のカウントダウンはあるものの、年越し蕎麦もお正月料理も、初詣や初日の出の類《たぐい》は皆無。実にあっけなく、ある意味わが家の正月と似ているのである。明治の「和魂洋才」の伝統なのか、はっきりした理由は不明だが、世間並が全く当てはまらない家風なのだ。

一九九〇年、僕は英国に渡り、古都ヨーク、南西のエクセターと半年余り過ごし、クリスマス・イブにロンドンに居を移した。ホストファミリーは、言葉の不自由な僕を温かく親切に迎えてくれたが、最後まで馴染めなかったのが食事の時間である。食事のスタートが遅いのは致し方ないが、彼らは食事の味を楽しむより、会話に重きを置いているようだった。食前酒を飲みながら、一日の出来事を一人一人

祖父・白洲次郎が英国の親友ヴィング伯爵に送ってもらっていたウイスキーたち。「ブラックボトル」はアイラ島各地のモルトをブレンドした個性的な味（写真中央）。左はその空瓶をカットして作った、祖父愛用のグラス。「グレンファークラス」（右）は、ハイランドのスペイ川流域にある蒸留所が作るシングルモルトだ。

が話し、やっと食卓にたどり着くも、簡単な前菜を前に話が続く。食べるペースも遅く、眼の前に置いてあるメインディッシュや、サラダのおかわりに手を伸ばすのも、全体に気配りせねばならない。一人が遅ければそのペースに合わせるのだ。やっとおかわりの皿を手にしても、自分の皿によそう前に、一人一人に意向を聞いてから、最後によそわねばならない。つまり、自分勝手にはいかないのである。

英国文化の中心の一つに、日本の居酒屋のような場所、「パブ」がある。ここでも同じ事が行われる。彼らの多くは、ビターという温《ぬる》めの苦いビールを立ち飲みするのだが、特有の割り勘ルールがある。まずある一人が、人数分のビールを買って仲間に配る。二杯目は、別の人間が同様に、というように、四人なら四人で同じ事を繰り返す。だから、自分のペースでお代りしたくとも、そのルールに合わせなければならず、仲間のジョッキの減り具合に目配りしながら飲まねばならない。彼らは日本のつまみのようなものはあまり食べずに、会話を楽しみビールをゆるゆると飲む。一回りすると次のパブに移動し、日本でいう梯《はし》子酒《ござけ》を繰り返す。ビール瓶はなく、いい味を出している木製のハンドルをゆっくり倒して注ぐゆったりとした光景とは裏腹の、忙《せわ》しない飲み方なのである。郷に入らば、と言うが、会話優先の習慣に、僕は日に日に食への不満が蓄積していった。それを増長させたのが、かの大英帝国の料理レベルである。

オリンピックにより、改善はあったようだが、かつての評価は世界常識だろう。茹で過ぎの野菜に魚、塩辛いか、極端に塩気のない肉。アルデンテのパスタなんてお目にかかったことがない。塩気、歯ごたえが、食材がかわっても同じなのである。その上食材のヴァリエーションや季節感に乏しく、一年を通して同じものが食卓にあがる。定番はじゃがいもだ。付け合わせには必ず、茹でたものか、揚げたそれが付き、しかも、日本的な感覚だと付け合わせの量ではない。鱈《たら》やカレイの切り身(と言ってもミディアムサイズでもかなりでかい)を揚げた英国の国民食フィッシュ・アンド・チップスにも、必ず揚げたじゃがいもが、どっさり付いてくる。何を頼んでも「チップスは？」と尋ねられるのだから、日本のご飯みたいなものなのかもしれない。いずれにしても、一般家庭とレストランの味に大差なく、手間暇を惜しみ、EASYを好むように僕は感じたのだ。

僕は遊学最後の滞在地、ロンドンで初めて包丁を握った。父の友人が所有するケンジントンの一軒家は、主人不在の事が多く、自炊が可能となったからだ。僕は、ただ普通のものを、気兼ねなく食べたいという欲求を満たすため、スーパーを覗いてみた。肉が並んだ端っこに、鮭《さけ》、平目《ひらめ》、鯖《さば》がわずかにあった。僕は好物の〆鯖を、と思ったが、料理未経験なので、日本から、「魚のさばき方」の本を送って貰い、毎日三枚おろしを練習した。ワインや林檎のビネガーと日本酒と配合し、何度もトライした。見栄えは悪く、完璧な出来ではなかったが、今でもあの〆鯖の味を鮮明に覚えている。学校帰りに、よく立ち食いした鯵の押し寿司のような懐かしい故郷の味だった。

では、〆鯖がない英国人では、鯖をどう調理するか？　なんと茹でるのだ。鯖に限らず茹でた魚を焼く、という思いもよらぬことを彼らはやる。専用の調理器具まで見たことがある。ブイヤベースに代表されるように、魚を煮るのは、その出汁を取るためで、焼く前にどうして煮るのかなぞである。まずい話ばかり書いたが、キングサーモンは美味だ（スコットランドの食べ物ではあるけれど）。

黄金の鯖と英国生まれではなかったジン

鯖の面目を躍如させる食べ物があった。燻製《くんせい》である。この燻製の善し悪しは、生産者の技量で決まる。フィッシュ・アンド・チップスのように、どこで食べても同じではない。一番は黄金色にピカピカして、ふっくら太っているもの。そのまま食べても、ちょっと炙《あぶ》って酒の肴《さかな》にも重宝する。ご飯に温めたそれを載せて、佃煮のようにしても中々だ。同じ鯖の燻製でも、黒胡椒などのスパイスが付いているものも売っているが、こちらは好みではない。残念なことに英国では、唯一の美味、この鯖をこのまま食べない。粉々に砕いてクリームなどと一緒にパテにしてしまうから、普段の食卓にのぼっても、鯖とわからないのである。最適なお供になる。

後に英国対岸の国オランダで、似た燻製を見つけ試してみる。さらに脂がのっていて、旅のワインの本場は、英国だと信じていた。が、その黄金の鯖の燻製に出合ったハッセルトという街で、偶然見つけた国立ジュネヴァ博物館で、思いもかけぬ事実を知る。博物館の説明によると、一六六〇年、ライデン大学の医師が、アルコール液に杜松《ねず》の実を漬けて蒸留したジュネヴァというジンが、その後英国に渡り、世界中に広まったのだという。市場が大きくなると席巻する。フランス料理に欠かせないフォアグラも、ハンガリーからの輸入品をフランスで洗練させ、食材としての地位を築いたのである。

博物館はその蒸留所跡地に、製造過程を再現していた。順に説明を受け出口に向かうと、「BAR」があり、驚くことに約百種類ものジンがずらっと棚に並んでいて、どれでも好きに試飲でき、販売もしているのである。どこかの国のように、写真撮影もままならない国立博物館とは雲泥の差だ。僕は度数の低いものから順に、といっても飲みきれないので急遽泊まることにした。黄金の鯖とジンの街ハッセルト、もう一つ、黄金色の薄く柔らかな皮に包まれたチーズがあったのだが、その形状、香り、味しか浮かばない。オランダの何処かである事は確かなのだが残念な事だ。

さて、ロンドンの自炊生活では、大失敗した事があった。友人が持参した日本の秋刀魚《さんま》を、ガスコンロで直火焼きした時のことだ。茹でることが主流の英国には、コンロで魚を焼くなんて発想がなく、換気扇を備えてはいるが、役に立たないのである。部屋はあっという間に白煙に包まれ、急いで窓を開けたのが拙《まず》かった。火事だと勘違いした隣人が、消防署に通報したのである。「全く日本人は一体何を考えているのか！　コンロもこんなに汚してしまって」と叱られたのは言うまでもない。でも、美味しかった。

美味は他国の流動食にあり

そろそろ美味いものを思い出そう。流動食のシングルモルト。僕は週末の夕暮れに、パブに繰り出し、一パイントのビターの後、生《き》で数種のウイスキーと葉巻、と大人の味に触れていた。それまでウイスキーの知識などなかったが、ウイスキーと一言で言っても、スコットランドではスコッチと言い、アイルランドのアイリッシュ、アメリカのバーボンなど呼び方だけでなく、原料や製造過程も違う。通っているうちに、好きになったヨードチンキの香りするウイスキーが、「アイラ」という島で作られていることを知る。ある晩夏、僕は憧れのアイラ島に行く機会を得た。

地図を開くと、スコットランドの西部、ヘブリディーズ諸島の最南端にIslay（アイラ）がある。面積は約六百平方キロメートルと、日本の淡路島程で、人口もわずか四千人程度。上空からは、高い山や建物らしきも

アイラ島ボウモア（左）とカリラ蒸留所（右）。用いられるピートや水、職人たちの個性、吹き付ける潮風の差異が、他に類のないシングルモルトを作りあげる。

のは見えず、ただただ緑と土色の大地が広がる美島であった。タラップを降りると、「ウイスキーの聖地」と呼ぶに相応しく、あまりお目にかからない、「ラフロイグ四十年」をはじめとする年代もののウイスキーがお土産品である。島には七つの蒸留所があり（三つ以上の蒸留所を持つ島はここ以外にない）、すべて海辺に建っていた（近年山の中に新蒸留所が出来た）。

代表的なそれが、この島最大の街（三百メートル程のメインストリートがあるだけだが）にあるボウモア蒸留所である。車から降りると、潮の香りに混じってピートを燻《いぶ》す匂いがした。これはボウモアの酒香そのものだと直覚する。アイラの最大の特徴は、強烈なピートから生まれる、スモーキーなフレーバーである。ピートとは、植物が何万年もの間に堆積し、石炭になる前の泥炭状態の土のことで、その泥炭層を掘っていくと、粗野な荒々しいケルト民族の古層にたどり着く。「大地と水」。この結実がアイラモルトなのである。各蒸留所では、良質な水源を所有し、吹き付ける潮風や風向きの差異、この島共通の塩気を含んだ空気と、島の暖炉の燃料にもなっている海草のようなピートの匂いが、味の基礎を形成している。ピートや水の違い、そして頑固な職人たちのパーソナリティが加味され、他に類のない個性的なシングルモルトが出来るのである。

ウイスキーというと、市場の九割強を占めるブレンディッド・ウイスキーを指すが、その原料にアイラが多く使用されている。有名な「バランタイン」「ホワイトホース」はラフロイグやアードベッグ、ラガブーリンが入っている。島の絶対面積が充分でなく、ブレンド用ウイスキーの原料生産地となっていたが、シングルモルトとしてアイラが見直されはじめ、それ迄、地元の人々や少数の愛好家に愛飲されていたのが、日本でも飲まれるようになってきた。

わが国も、「人性酒を嗜む」と、倭人の時代からよく酒を飲むが、米を神聖なものと崇め、酒は御神酒《おみき》とし供えた。同じく自然を信仰した古民族ケルトの荒々しい大地から生まれたウイスキーは、渦巻きのような無限の世界へ誘ってくれる。「酒を飲むと気が大きくなる」、古代人はこの状態を「カミの霊がおりた」と考えた。これは、人が神々と親しんだ日々に、少しでも近づく行為なのである。

　僕はボウモアの波止場で、ころんとした肉厚の牡蠣《かき》に、ピートの香り高いモルトを注いで食した。余りの美味に、生命の水をチビチビやりつつ、手に入れた牡蠣を鱈腹食らう。他にも丸々太ったオマール海老を、ボウモアのコテージで焼いた。中々のものである。島には、鮑《あわび》や雲丹《うに》も採れるような遠浅の磯があるが、誰も潜ったりしていない。また、かなりの数の黒牛や羊を放牧しているが、島には処理場はなく、すべてグラスゴーに持っていくという。僕は、採る人もなく、きりっとしまった海水で、長年育って大きくなった人の顔程の大きさのある鮑と、この塩気のある大地で育った牛や豚、羊の焼肉と、モルトとの相性を夢想し、いい感じになってくる。いつまでも暮れないトワイライトブルーの空が消える頃、海の彼方に、「また来てね」と、ヴァッカスの女神が微笑んでいたのだった。

　ワイン産地に喩えるとアイラはブルゴーニュで、ボルドーは、スペイサイドだと思う。スコットランドにある百余りの蒸留所の半数が集中する、世界一のモルト・ウイスキーの生産地だ。ウイスキーはケルト人の故郷アイルランドからスコットランド西の島々に伝わり、ハイランド中部の高原地帯からゆったりと北大西洋に注ぐスペイ川流域で発達したと言われている。僕はハイランドの十箇所ほどの蒸留所を訪ね、アイラ島のそれと比較して旅する。祖父はこの地の有名なシングルモルト、一八二四年創業のマッカランを個人輸入していた。そこは、貴族のお城のような広大な領地に、ビジターズセンターや従業員宿舎まで豪気に整備されていた。ゲストハウスからは、遥か木々の向こうに、リバー・スペイが見えた。この流域はウイスキーに加え、キングサーモンのフライフィッシングの聖地でもある。河原に下りてみると、今にもサーモンが飛び跳ねるような雰囲気である。釣り人を探したが、五百メートル間隔くらいに、ポツリポツリと立っているだけだった。完全予約制で競争率が高く、どこかの国の鮎釣りの光景とは違い、本当に贅沢な紳士の遊びだと思った。

　僕は釣りの経験はなかったが、じっと川面を見ていると、同行のダンカンが、「近くに釣堀があるよ」と誘ってくれる。何とも豊かな釣堀だった。フェンスがあるわけでもなく、広大な自然の池にトラウトが泳いでいる。僕は何気なしに釣り糸を垂らすと、ビギナーズ・ラック！　一匹釣れ、彼も続く。結局三匹収穫あり、宿の調理場を借りる手配をダンカンにお願いした。僕は街に出て、もち米やワインビネガーを買う。そう、鯖寿司ならぬ鱒《ます》寿司に挑戦する為だ。物珍しさからか、シェフや宿の宿泊客にも振る舞って盛況だった。醤油があれば完璧、だったかもしれない。

　スコットランドの蒸留所周辺は、アイラもスペイサイドもゆったりと豊かで、それはすべて自然の賜物《たまもの》である。僕は宿から河原へ下りて行き、木陰の散歩道で印象に残ったシングルモルトのコルクを、心地よい音とともに開けてみる。酒は何であれ、作られた地で飲むと、一味も二味も違う。僕は匂いを嗅ぎラッパ飲みを繰り返すと、琥珀色の奥に、蒸留所の風景や、風の匂いが想起されてきた。暮れ行く夏の終わりの空と雲とが相まって、一層その味の記憶を濃厚なものとしてくれたのだった。

次郎は、親友の英国伯爵氏より、晩年までシングルモルトを送って貰ったり、個人輸入したりしていた。樽や、ここに掲載したマッカランのようなボトルが残っている。このマッカランはイタリアのボトラーズのもの。

上：1824年創業のマッカラン蒸留所内にある、1700年に建てられたゲストハウス。45人（当時）もの職員が所内に住居を持っている。
下：マッカラン蒸留所は、三マイル程の河川敷に、釣りの権利を持っている。その予約は毎年抽選の競争率だというが、河にはまったく人影なく、優雅な大人の遊び場だった。

6

オイリーボーイは欧州を駆け巡る

ビストロの牡蠣、バルの自慢料理

子どもの頃、我が家を訪ねてきた祖父としばしば外食した。ある日、いつもの寿司屋や、天ぷら屋のカウンターではなく、個室に通された。「一杯位良いだろう」と、ヘンテコなグラスに真っ赤な飲み物が僕にも注がれる。それはいつも大人が飲んでる白色ではなく、幼少の時分に、耳慣れない言語を話す大柄な男たちが訪ねて来て、飲んでいたあれだ、と思った。一口飲む。苦い葡萄ジュースだった。

そこは海辺のフレンチレストラン。僕はあまりこの手の場所が好きになれずにいた。大人たちは普段より畏《かしこ》まり静かで、食事の速度が遅く、見たいテレビ番組に間に合わないからだ。食後に決まって店の主人らしき人が挨拶に来て、談笑する。これがまた長い。子ども向きとは言えないフランス料理を経験する事によって、自然と大人のマナーを身に付けさせようと祖父はしたのかもしれない。

初めてワインの奥深さに触れたのは、英国に遊学した二十四の時だった。北部イングランドの古都ヨークに住む父の友人は、ワイン商を営んでいて、ドライシェリーなどの食前酒の後、食中酒は赤白しっかり飲み、食後にポートワインとチーズがコースだった。僕はホームステイの三ヶ月で、ワインとは何か朧げに知る事になる。デカンタに入れるべきものや、グラスの違いなど、主人はワインの産地や状態から扱いを変えるのだ。「ボルドーのいいものは、英国に輸出されているんだよ」と主人はさも権利の

左：英国 Ridgeview（リッジビュー）のスパークリングワイン。2010年デカンター・ワールド・ワイン・アウォードのスパークリングワイン部門では、高級シャンパンをも圧倒して世界第1位に輝いた。
右：キンキンに冷えたマンサニーリャが、スペインの乾燥した暑さで渇いた喉を潤してくれる。酒はそれが生まれた土地で飲むのが一番だ。

バルは大事な社交場であり、また日本のコンビニのように朝から夜遅くまで開いており、お酒だけではなく、朝食から缶ジュースまで様々なものを売っている。

ように言う。歴史的に英国とフランスは仲が良くはないので、不思議に思って聞いていたが、後述するジブラルタルは、スペイン南端の英国領で、香港は返還されたが、カリブ海や大西洋等に未だ領土がある。ワイン生産に適さない国土を、帝国支配で補っていたのかもしれないが、近年、英国南部では、スパークリングワイン用の葡萄栽培が始まっているのだ。

英国王室御用達ナイティンバーは、片田舎の小さな村にあり、生産量が少ないのか、ワイナリーでは販売しておらず、教えて貰った村の雑貨屋で、手に入りにくいそれを買い占め（と言ってもたったの二ケース）、ロンドンの友人宅に持ち込んだ。泡のキレが良く、栓を抜いてもしばらく渦を巻いて立ち上る。それがまた美しい。公式行事にも飲まれているので、ご存じのかたも多いと思う。温暖化に起因しているのか、その近辺には、IT分野などで成功をおさめた企業家が次々に進出している。

Ridgeview（リッジビュー）の生産者は、美味い葡萄が出来るのは、フランスのシャンパーニュ地方と同じ白亜質の土壌だと力説し、霜対策に機械化を進め、フランスの老舗とは一味違った方法で生産している。葡萄畑一つ取っても、シャンパーニュの豊かさとは、対極の歴史、文化である、と言ったら怒られるだろうか。だが、まだ緒についたばかり、同じ島国の日本も、古来より大陸の影響を受け、今ではワインのみならず、ウイスキーまで製造しているのだ。

スペインでは、どんな小さな街にも必ずバルがあり、マドリッド中心部のサンタ・アンナ広場には、魚貝や肉類など店々の看板料理が並び、転々とハシゴ酒す。

さて、十ヶ月滞在した英国では、中古のプジョー205を購入し、休日に英国各地の、「食と酒」を訪ね歩く。ロンドンを発つ時車を売り、それを軍資金にパリへ、知人のフラットを基点に、足を棒にしてひたすら歩く。歴史的な街並み、最先端のファッション、名だたる美術館……世界中の観光客を魅了する花の都は輝いていた。趣ある屋根裏部屋から見えるエッフェル塔にセーヌ川、特に青く長い夕暮れは、最上の時間である。ロンドンで覚えた自炊に飽きると、僕はビストロやレストランへ通った。注文が厄介なので、ショーケースに魚介が並び、指を差し頼める店を選ぶ。食の貧しい英国に長く居た事で、ナマモノに飢えており、牡蠣《かき》をハシゴし食べ比べる。日本のような細長いものもあるが、丸く肉厚の奴に魅了され、何軒か試し、サンジェルマン・デ・プレの裏通りのある店の常連になる。一人でも落ち着けて、特にギャルソンとの相性が良かった。度々眼が合い、言葉の通じない僕に話しかけてくる。この店のように、地元の人で溢れ、英語のメニューなどない店が総じて美味い。七、八年後、場所を移動し、営業していたその店に行くと、ちょっとふっくらした彼が、「ムッシュ、久しぶりだね」と言う。覚えているわけもないので社交辞礼だろうと思っていたが、次の瞬間シャルドネのシャンパンと、丸く太った牡蠣がテーブルに置かれたのだった。

パリでは、世界中の料理が食べられる。大きな中華街が二つあり、レバノンやモロッコなどのアラブ料理も。僕はパリで、必ずベトナム料理屋に行く。英国ですら、インドや中華料理が美味いのは、植民地だった名残《なごり》で、移民により本場の味が堪能出来るのだ。食に国境はない。誰もが、「ボナペティ」（召し上がれ）とニコッとする。ボンジュール、ボンソワ、メルシイ、オヴァ……フランス語の音ってほんとに可愛らしい！　三時のお茶の習慣がない僕でも、パリのカフェで、エスプレッソのダブルで足休め。同じエスプレッソでも、イタリアは濃すぎるし、英国は味がなく、僕にはフランスのがピッタリだ（あの甘いお菓子は頂けないが)。彼らは毎日行きつけのパン屋でバゲットを買う(長さにより呼び方が違うようだ)。生ハムとチーズ、それに赤ワインがあれば立派なパリの夕飯になる。いいオリーブがあれば申し分ない。ひと月、パリを満喫し、僕はレンタカーで遊行する事にした。

レンタカーは「旅の舌」の足　欧州は車に限る

パリを発ち南へ、まずは知人の南仏のお城(「8 食欲の秋」参照)を目指す。休みなく走り、朝出て日暮れ前に八百キロ走破する。無ラベルの地ワインの赤を飲みぐっすり寝た。翌日、地図を開くとスペインがすぐ傍だと知り(実際は大きな縮尺だったのだが)イベリア半島を一周し、パリへ戻ろうと企んだ。地中海を海沿いに走れば迷う事もない。それに、海辺の街で、必ず地の魚が食べられる、と考えた。事実、魚の種類や料理法は限られていたが、一日走ればどこかで黒鯛《くろだい》や鱸《すずき》の炭火の塩焼きに、最後にオリーブオイルとレモンを絞った奴に有り付けた。

僕は南仏を出て、バルセロナを目指すと、オリンピック前の大都会は活気に溢れていた。「チェントロ」の標識に従って街の中心を目指すと、人ごみは益々激しくなり、石畳の所で、語気を強め叫んでいる人がいた。様子がおかしいなと感じながら進んで行くと、手招きする人がいたので、個人宅のような所に車を止めたら、やはり通行止めの道だった(らしい)。その男は、「オテル」と繰り返し、裏通りの古いが感じのいいホテルに連れて行ってくれた。チェックインすると彼は「オラ」と言うので、ルノー・ヴァンティアン・ターボをどうしたら良いかと聞くと、ここに居る間は置いておいて良いから、出る時は朝早く発て、と言う(無論推測だ)。

荷物を置き一休みして、向かいのバルに入る。バルというのはスペインの居酒屋だ。冷たいカーニャ（麦酒）を飲んでいると、さっきの彼がスペイン人の輪に加えてくれる。本場のパエリャ、タコや貝類、どれも美味かった。何より誰もが「オラ、オラ」と底抜けに明るく、言葉なんて関係なく親切だった。明日の事は決めていない、と言うと、暇だから案内してやる、と。あのままずっと居ても良かったなと、今でも思う時がある。毎晩通ったバルはすっかり顔馴染みになり、店の得意料理（コロッケ）を毎晩食べる。でも、当時はゆっくり酒や食事を楽しむより、目標を持って走るのに力点があったかもしれない。一日で高速がない海岸線を千キロ走る日もあった。四月なのに日差しが強く、真っ白な街を、真っ黒になり、パリに戻ったレンタカーのメーターは一万キロを超えていた。旅の記憶より達成感で、以来僕は欧州でのドライブが病みつきになり、鉄道での旅はせず、いつもレンタカーの世話になる。醍醐味は、欧州の偉大なる田舎を満喫出来る事だ。その旅でも、ポルトガルの通りがかりの村で、子豚の丸焼きや、鰯《いわし》を焼いたりしているパーティに呼ばれた事もあった。偶有性は、決まったツアーでは経験出来ない事。マルシェで地のワインにチーズ、カビだらけのサラミと定番のバゲットを買い、葡萄畑で昼飯のあと昼寝。贅沢な非日常を経験する。つまり、車は究極の「旅の舌」の足なのだ。

車好きはオイリーボーイだった祖父の遺伝だと思う。一九二五年に、ロンドンからスペイン南端のジブラルタルまで旅した軌跡を車で追う、という企画が持ち上がった時は、ロンドンを発って祖父の二日目の宿泊地がボルドーだったので、シャトーを取材先に、旅に奥行を加える。ボルドー近くの世界遺産サンテミリオンは、八世紀より宿場町として栄え、時間の流れが止まったかのように石畳と、葡萄畑の美しい景観が広がっていた。丘の上にある小さな町の中心部から程近いシャトー・アンジェラスは、三ヘクタールを有し、抜群の環境で、収穫間近の葡萄は甘かった。一般にワイン用の葡萄は、すっぱくて食べられないと聞くが、実際に食べた事がない人が言っているのだと思う。かつて、ブルゴーニュの世界的に有名な葡萄畑で、落ちている葡萄を食べた事もあるが、同じように美味かった。総じて食用にも全く問題ないように思う。黒曜石が散らばった畑で呑んだワインは、カベルネの香り高かった。

僕はフランスの名だたる酒の生産地はほぼ制覇している。シャンパーニュは無論、コニャックやノルマンディーのウイスキー蒸留所まで、時間の許す限り広大な国土を駆け巡った。旅の目的は、「食と酒」、合間に美術館と骨董屋巡りが、僕の行動パターンだ。土地の食や酒を感じる事が、その国を理解する近道だと思っているだけで、グルメ先行の物見遊山や、系統だったものはないが、フランスは、「豊か」の一言に尽きる。この旅でピレネーを越えスペインに入り、一面に広がった葡萄とオリーブの畑を日がな一日走っていると、同じラテン系の両国だが、土地から湧き出るエネルギーが異質だと感じられた。スペイン一のワイン産地で、フェニキア人により二千年以上前からワイン製造が始まった、リオハ・ワインのボデガ（醸造所）に寄り道したが、声のトーンや気質以上に、ワインの性格はそのまま民族の歴史文化を現しているように思う。

スペインの標高は平均七百メートル程、国土の六分の一は千メートルを超える高原で、「山の国」でもあるが、フランスに比べ、南へ行くほど乾燥が強く、青い空の下、緑がほとんどない赤茶の大地に、日が傾く程に強く照りつける太陽が、「イタイ」。広大な国土のほぼ全土で、葡萄の栽培を行い、その耕作面積は世界一、品種もおよそ百五十種ある。特にアラビア語で、「乾燥した土地」という意味のラ・マンチャ地方は、スペイン全体の三分の一を占める葡萄の大生産地であり、街道沿いには馬鹿でかい陶器の瓶《かめ》が並べられていた。昔はそれに一家の一年分を入れて保存していたというが、赤ワインは、荒々しい大地の土味で、民族の血ではないかと思えてくる。「大地の味」がダイレクトに、強く感じられる反面、繊細さは薄れるのだ。

マドリッドとイスラムの香りする古都へ

スペインの人は兎に角、よく笑い呑み且つ食べる。彼らを見ていると、「飯を美味く食べるために生きている」ように感じる。ソースがどうだとか、グラスが……とか講釈は二の次なのだ。巡礼のような旅であったが、首都マドリッドでの、短い夏の夜を満喫する。一つの物差しが、正子が残した文章だった。

サンタ・アンナの広場にある昔牢屋であった建物をそのままレストランにしたところで、魚介類、野鳥、牛肉、羊肉、野菜（もっぱらサラダの類）などの店が並んでおり、客は食べたいものを選んで、一軒一軒ハシゴをして歩くのである。

（白洲正子『白洲正子自伝』新潮社）

サンタ・アンナ広場は、建物のみならず、祖母の文章のまま特徴あるバルが軒を連ねていた。地下の牢獄も当時のまま残っており、フランコ独裁政権下ではそこに活動家が潜り、毎夜政権打倒の企ての会合も行われていたという。祖母が訪れたのは昭和三十四年である。欧州を旅して誰もが思う事だが、街並みへの美意識、愛情が深く、迷路のように入り組んだ雰囲気のある小道には、百年前とさして変わらぬ風景が残っている。

マドリッドの晩は、バルをハシゴした。あの店は貝、こちらは豆、というように各店に看板の自慢料理が有り、つまみは次々運ばれ、混沌とする中で、「長居しない」のがスペイン風だ。勘定はいい加減なもので、居座って立ち飲みしていると、カウンター板を伝票がわりにする店員も居る。収穫は、マンサニーリャというシェリーの一種をキンキンに冷やし、様々なつまみと一緒に呑む事であった。暑く乾燥したこの国の風土にはピッタリの酒である。お燗が日本の冬の鍋に合うように、酒は生まれた土地で飲むものだ。マンサニーリャをお土産にしたが、日本ではダメだった。スペインの乾燥した暑さが必要なのである。大蒜《にんにく》が効いた冷たく白いスープも、日本でやってみたが然りであった。

アンダルシアの州都で、最大都市セビーリャは、そのマンサニーリャの本場で、大量の氷で冷えた何種類ものそれを浴びる。セビーリャは海に近いからか、スペインにしては湿度が高く、マドリッド以上に相応しい。鰯など魚介類も新鮮で、特に生のアサリは薄緑がかり、小さな肝もピリッと苦味が利いて美味だった。ここまで来たのだから、セビーリャの南方、シェリーの街ヘレスに足を延ばす。シェリーは地元スペインよりオランダや特に英国で人気があり、シェリーという呼称は地名のJerezを、英国訛《なま》りで呼んだ事に始まるそうだ。「5 料理事始」で登場したジン然り、英国人により世界的な名声を博した酒は多いのである。

ヘレスの小さな街は、時折風に乗って甘いシェリーの香りが漂っていた。街の匂い、光、カラフルな色彩……イベリア半島の南半分は、アラブの足跡が色濃く、エル・グレコのトレドに、グラナダの水と緑の宮殿アルハンブラ。コルドバのメスキータに、セビーリャの旧ユダヤ人街サンタ・クルスや、高さ九十七メートルのヒラルダの塔。マドリッド郊外、小さな街の中心に闘牛場にも使われる広場があるチンチョンには、名産のアニス酒があった。僕には甘く苦手な味だが、スペインは異文化が溶け合いながら、多彩な顔を見せ、オラ！　の一言あれば、気取らず畏まらず、笑顔で酒が呑める混交国家だと思う。

ヘレスの街で生産されるシェリー種の代表格ティオ・ペペは、酒蔵の樽を三段に積むソレラ・システムという貯蔵方法を採用し、上部に若いシェリーが積まれ、下へいくほど古くなっている。通常フィノー（辛口）で三年くらい、オロロッソ（辛口〜やや甘口）で七年以上寝かされるが、中には創業時近くの古い樽もあった。

7 ドナウを東へ①

独ビールとオーストリアのビオ

オーストリアのワイナリー・ニコライホープの葡萄畑。畑の南側には、朝日に照らされたドナウ川が流れる。

旅には様々なスタイルがある。一箇所でゆっくり過ごすのも良し。気のあう仲間とスポーツをするのも良いだろう。僕はどちらかと言うと、目的を持った旅が好きだ。大袈裟に言えば、「何かを成し遂げる」感覚で、地図上の地名に線をひき、京や奈良の寺社をしらみ潰しに歩くといった具合である。前回（「6オイリーボーイは欧州を駆け巡る」）のイベリア半島一周や、ジブラルタルへのドライブ紀行に続き、今回は「ドナウ」を縦軸に、土地土地の「食と酒」を、気の向くまま道草し、走り切りたいと思う。

ドナウ川は、ドイツのスイス国境近くにある「黒い森」、シュヴァルツヴァルトを源流として、黒海まで約三千キロ。十の国をまたにかけて流れる欧州第二の大河である。ドナウと言えば、中世ゲルマン民族の壮大な叙事詩、「ニーベルンゲンの歌」や、ワルツ王ヨハン・シュトラウスの、「美しき青きドナウ」に思いを馳せる人も多いだろう。僕は学生時代に読んだ宮本輝氏の小説『ドナウの旅人』を思い出す。東西冷戦の最中、ベールに包まれた時代背景の描写が印象に残っているが、欧州統合とは言え、車で旅していると、未だ東西の壁はあるかのように肌で感じられる。

ドイツ南部の最大都市ミュンヘンでは、ちょうど世界最大のビール祭「オクトーバーフェスト」が催されていた。四十二ヘクタールの会場には、二週間程の間に、六百万人が訪れるという。スポンサーごとの巨大なテントでは、何千人もの群集が、マースという一リットル大のジョッキを片手にぐいぐい呑んでいる。「ゲルマン民族の大宴会」というノリで、とても異国の人がなじめる空間ではない。カラオケしている日本人がそんな風に見られる事もあるそうだが、ミュンヘンの醸造所が特別に仕立てたビールを味わう以前に雰囲気に飲まれてしまう。僕がドイツにあまり足が向かないのは、食に因がある。ソーセージとビール、一夜なら良いのだが……。ある時、パリから大聖堂のあるランス、シャンパンの故郷エペルネを経て、ライン川の古都ストラスブールを首府とするアルザス地方へ入ると、ドイツ風の街並みになり、別の国に来たような感じがした。シュトゥットガルトからアルプスを越え、イタリアに入ったのだが、シャンパーニュからヴェローナまで、記憶がないのである。

事情はオーストリアに入っても変わらないが、以前から関心があった人智学の創始者ルドルフ・シュタイナーの故国で、彼が提唱した有機栽培の一種であるビオディナミ（バイオダイナミック）農業理論を実践している「ビオ」食品の生産者を訪ねた事がある。オーストリアは、全農地の二十％近くが有機栽培で、世界最高水準を誇る（大農業国フランスでも三％にも満たない）。ビオとは英語のオーガニックの事、一九八〇年代に興ったイタリーのスローフードは、日本でも知られた所だが、欧州人の関心は高い。ビオはギリシャ語のビオス、「命」に由来し、人間にとり最も大事な食べものに農薬や化学肥料を使用せず、「より自然に近いもの」を目指した「ビオ・オーストリア」という生産者グループがある。その中でも更に厳しい規約に基づくデメターという団体は、シュタイナーを精神的支柱とし、生産者はその理論を信奉し実践している。

ドナウを下って、オーストリア第三の工業都市リンツの町が現われると、峡谷の景色は穏やかになり、丘の上にバロックの精華、巨大なメルクの黄色い修道院が見えてくる。僧院というより豪華な宮殿と見紛う程の、豪壮な建物である。この辺りからおよそ三十数キロは、「ヴァッハウ

オーストリアで見付けたビオ食品。各地のスーパーには有機食品の棚が常設され、BIOマークが生活に浸透していることが分かる。

渓谷」と呼ばれ、千以上の古城址が残り、長いドナウの中でも特出した風景美である。急な北岸の斜面に張り付くように葡萄畑があり、この欧州屈指のワイン産地に、シュタイナー農法を取り入れたニコライホーフがある。

ビオ生産者を巡り可能性を探る

女将のクリスティーネ・サースさんは、日々の暮らしにもシュタイナー理論を取り入れ、機械や農薬、化学肥料頼りの七〇年代初頭に、周囲から奇人扱いされながら、いち早くこの農法に切り替えた。「農薬を買うお金がなかったのよ」と笑うクリスティーネさんだが、「畑の雑草が大事なの」と言うように、品種ごとに分けられた葡萄畑には、約二十種類もの雑草が育っている。日々畑の土と会話し、育てる品種を決めるという。ワインセラーは、ローマ時代の教会をそのまま使っていて、立派なオーク樽が並んでいる。聖ニコライの祝祭日が、僕の誕生日だと告げると、「今年のワインは安心だ」と、およそ二十種類の、ラベルで色分けされたワインを試飲させてくれる。日本の大手飲料メーカーが輸入しているので呑まれた方もいると思う。

ドナウ川の対岸、デュルンシュタインから少し走ると、一八五七年創業で、ワイナリーとレストランを兄弟で経営しているグート・オーバーシュトックシュタールがある。ワインへのこだわりは言うまでもなく、肉質は硬めだが、味は濃い地牛のヴォルド・フィアター・ブロンド・フィーを飼育し、塩はインド、オリーブはオーストラリア産と調味料にもこだわっている。ここでの発見は、少し離れた農家で、ハンガリー原産のマンガリッツァ豚（「11 ドナウを東へ②」参照）のビオを見付けた事だ。フランクフルトのような太さに、僕の好物チーズ入り。他にパプリカ入りのもかなりいい。中欧を旅する時は、それを使ったサラミやハムは、お土産に最適だ。

同じデメターでも、ハンガリー国境近くのマインクラング（次頁写真）は、広大な農場に、アンガス牛や林檎畑などを所有する一方、木の代わりにコンクリートタンクを使うなど一部近代的なワイナリーだった。デメターの命であるプレパラート（化学肥料の代わりに使われる調合剤）を、地下の白石を敷き詰めた部屋に保存し、牛の角と牛糞、カモミールやタンポポ、いら草などと一緒に収めている。彼らは新鮮な牛糞を牛の角に詰め、秋分の頃土に埋める。それを春分の時分に取り出し、団子状に丸める作業がある。どこか滑稽にうつるが、ワインや食品という異なる生産者が、真剣にその作業に取り組む姿は美しい。月の満ち欠けに従い、農作業の周期を決めるなど、一見奇妙に見える行為は、実は自然の摂理に従い、「地の力」を引き出そうとしているのだ。

オーストリアは小さな国だが、変化に富んだ地勢に即した百種類に及ぶ品種の葡萄を栽培している。「太陽のエネルギーを葡萄に与えるようにしているだけ、これは商品じゃなく人生だ」と語るプローダーさんのワイナリーは、スロベニアと国境を接する南部にある。オーストリアワインと言えば、グリューナー・ヴェルトリーナー種だけかという印象が強いが、ここのヴィオニエやピノ・グリ、甘くないトラミニはかなりいけた。僕はワイン通ではないが、何度か中欧を巡っているうちに、僕の好きな品種が、この三種類だと感じるようになった。年代や産地など覚えられずとも、自分好みの品種を発見すれば、レストランなどでのワイン選びにも困ることはない。

各地のスーパーには、こうした有機食品の棚が常設され、ＢＩＯマークが生活に浸透している。僕はビオのスーパーで、美味いチーズを見付け、モーツァルトの故郷ザルツブルクまで足を延ばす。近くの畜産農家の、ビオの乾し草を食べた肌の艶々した乳牛から、原料である牛乳が毎日届けられ、この地で五代目だというポツェルスベルガー家が、家族ぐるみで生産販売していた。二十年前からビオ生産に切り替えたという十五種類あるチーズ凡てを僕は試食し、「ケルトの金」という濃厚なエメンタールチーズを丸一個買い、旅の供とする。名前は失念したが、アルプスに自生したハーブを食べて育つ牛から出来たチーズもかなり良かった。欧州の昼飯はワインとチーズ、土地のパンとサラミが僕の定番である事は以前に記したが、オーストリアで重宝したのが、ビオの辛子や塩に、唐辛子や行者大蒜《にんにく》、ハーブとかをブレンドした様々な種類の瓶詰である。オーストリア流七味唐辛子ならぬ、百味の塩がビオスーパーに並んでいる。西洋山葵《わさび》を細かく刻んだものは、味のアクセントに最適であった。どなたか輸入しないかなぁ。

　平原では、風力発電の風車が回り、太陽光やCO_2の排出削減を意識した建築物が多く見られる。エコロジーの意識が非常に高く、車のエンジンをかけたまま停車していると怖い顔で睨《にら》まれる。完成していた原子力発電所が、住民投票により稼動を中止したと言うから大変な事である。住民以上に意識の高い生産者から、「宇宙の光線を照射してから粉末にする」と言われると一歩ひいてしまうが、割高のビオ製品を、政府が補助する体制が整っている。二十年前、日本はウルグアイラウンド合意に伴

マインクラングワイナリーでは、広大な農場でビオディナミを実践する一方、木の代わりにコンクリートタンクを使用するなど近代的な部分も見られた。

い、農業保護に予算を使ったものの、産業にまで育て上げる視点が足りなかったようだ。昨今、効率重視の農業が叫ばれているが、TPPを危機だと言わず、チャンスと捉える視点が必要である。シュタイナーの構築したバイオダイナミック農法は、当時からエコロジカルな視点に充ちていたが、我々は自然の中で生かされている、という原点に立ち返り、食の多様性を武器に、農業を主要な輸出産業として新しい価値を見いだす時期にきていると異国で強く思う。

オーストリアの首都ヴィエナで見つけたワイングラス

オーストリアの首都ヴィエナ（ウィーン）の旧市街は世界遺産に指定され、緑も多く、散策するにはちょうど良い広さである。十九世紀の半ば、ハプスブルク家の皇帝フランツ・ヨーゼフは、中世以来街を取り囲んでいた城壁を撤去し、都市の大改造を行った。今日の環状道路（リング）は、その産物である。また、長年暴れ河として猛威をふるったドナウ川の改修も行い、名曲、「美しき青きドナウ」が完成した八年後に治水工事は完了したが、災害と引き換えに、「青きドナウ」の景観は一変したのである。

その旧市街にある、念願だった老舗のグラスメーカーを訪ねる。一八二三年創業、ハプスブルク家御用達のロブマイヤーは、世界各国の王家や貴族に愛用されている。繁華街のショップには、博物館が併設され、創業以来年代順に製品が展示されていた。伝統に裏付けされた技術力が、高い評価を得ているが、僕はかねがねここのグラスで呑むワインは、一味違う気がしていた。ショップ近くの工房で、一点一点丁寧に手作りしているグラス製造の現場を見学し納得する。表現が難しいが、唇がグラスに触れると、密度と純度の高い素材感が伝わってくるのは、カリ・クリスタルという鉛を使わない製法が、起因しているのだと解る。細いワイングラスの脚が、しなやかに反ったのにも驚いた。風味を引き立ててくれるワイングラスが、旅の相棒に加わった事は言うまでもない。

余談だが、「食と酒」の箸休めに、楽友協会で本場の音楽を堪能しては如何だろうか。ニューイヤーコンサートで知られたウイーンフィルでも、運が良ければ当日券がある。お薦めは、格安の趣ある立ち見席である。床に座ったり、中には本を読みながらの人も居たりして、音楽鑑賞というより、気軽に音楽に触れる事が出来る。開演間近の玄関に、アイスをほおばって駆け込んでくる若い人もいて、こうした底辺の広がりが、音楽王国を支えているのだと思う。

十一月、オーストリアに行く幸運に恵まれた方は、ヴィエナ郊外グリンツィングに点在するホイリゲ酒場に足を運ぼう。ホイリゲとは、居酒屋の通称の事と、「今年の新酒」という意味があり、毎年十一月十一日の聖マルティンの祝祭日に、新酒が解禁されるのだ。フランス、ブルゴーニュのボージョレーヌーボーと同じ事である。僕は新酒前のシュトゥルムを味わった。いわゆる濁酒である。ワインになる前の生まれたての甘い味覚で、収穫したての葡萄もほんのり甘みがあり美味かった。周辺には、収穫を終えた葡萄畑があり、ワインが苦手な方でも、緩やかな山の斜面から高層ビル群や、ドナウ川の素晴らしい眺めが満喫出来る。ヴィエナのすぐ傍まで広がっている葡萄畑と都会、という対照的な、世界でも大変珍しい景色に出会えるのだ。

僕はヴィエナを代表するワイン生産者の一人であるリチャード・ツァーヘルさんの車に同乗し、夕陽を浴びるヴィエナの街並みを眺めながら、彼の畑で採れたゲミシュター・サッツを呑んだ。世界的にも非常に珍しい製造方法で、同じ畑に植えた複数品種の葡萄を一緒に収穫し醸造するのである。ヴィエナでは伝統的に行われてきた製法で、ツァーヘル・ワイナリーでは、樹齢四十年の樹に実る九種類の葡萄から、ほんのりと甘さを感じる、さわやかな中辛口の白ワインを造っているのだ。ハプスブルク家の離宮、シェーンブルン宮殿の中にも彼の畑があり、そこで収穫したゲミシュター・サッツは、宮殿の名を冠している。都会の地ワインは、複雑で、お土産にはビオワインに軍配をあげる。

チョコレートなどのお菓子店が多いヴィエナ市内を散策していると、瓶内二次発酵という伝統的製法のスパークリング・ワイン専門店があった。かのシャンパンと同じ製法だ。様々な地域から、地品種のグリューナー・ヴェルトリーナーをはじめ、シャルドネ、リースリング、マスカット、ピノ・ノワールなど、二十種類を超える葡萄品種を取り寄せ生産している。僕はトラミネールの豊かな香りと、辛口のテイスト、そして泡立ちの良さに驚心動魄《きょうしんどうはく》する。本場で、シャンパンに年代や品種がある事を初めて知ったのだが、これだけの品種を揃えているシャンパンメーカーが他にあるだろうか？　ハンガリーのフェルテー湖に隣接する近代的な工場は、シャンパンの貴族的で、優雅な雰囲気は全くない。延々と続く地下のシャンパンカーヴもなければ、ナポレオンが勝利祈願に訪ねた歴史もない。だが、ここには新たな事に挑戦する姿があり、爆弾、と名付けられた一口サイズのユニークな瓶も造ったりしている。

ハプスブルク家は、中世から長きに亘って欧州に君臨した多民族国家であった。東でも西でもない、「中欧」という地政学的にも特異な位置を占め、言語も異なる十一の民族が共存共栄した。オーストリア、チェコ、ハンガリーはその中核で、ヴィエナ、プラハ、ブダペストの三都が、どこか似通った佇まいをみせるのは、海を持たない国々にとって、「ドナウ」が軍事的にも、また主要な交通手段としても大きな役割を担ったからであろう。

8

食欲の秋

世界の茸を食する

茸各種を盛り合わせて。茸は全般に味自体は淡白だが、個々の風情が漂う。秋の収穫期、舌を楽しませてくれる里山の恵みだ
スリップウェア（幅52センチ、18世紀英国製）に載せてみた。本国ではオーブン皿として使用された。

木々の葉や柿の実が色付きはじめた東京郊外のある秋の昼下がり。雑木林に囲まれた一軒家のダイニングルームに、大笊《おおざる》いっぱいの茹栗《ゆでぐり》を抱えた大柄の男が、ニコニコ顔で入ってきた。男はギィーッと荒っぽく椅子を引き、テーブルの中央にどかっと座ると、小さなナイフを片手に、慣れた手つきで皮を剥き、それを頬張る。剥く、食べる。剥く、食べる。あまりのテンポに、呆気にとられ眺めていた僕に気付いた男は、「食べるか」という目つきで一瞬こちらを見たが、再びムシャムシャと食べ続けた。程なく大笊は空っぽになり、男は満足した表情で部屋を出ていった。

この大男とは僕の祖父、次郎のことである。「マッカーサーを叱った男」とか「従順ならざる唯一の日本人」などと称され、吉田茂元首相のもとで敗戦処理に携わった祖父、最晩年の姿である。僕はその頃一浪して大学に入学、町田市鶴川《つるかわ》にある祖父母宅(現・武相荘《ぶあいそう》)に居候の身だった。夏の間、避暑に出ていた祖父との久しぶりの対面に、言葉はなくとも、「僕は今これを食べるのに夢中だから邪魔するな」という強い意思は伝わってきた。

祖父はそれからひと月後、他界した。今でも、栗の木や落ちているイガを見ると祖父を思い出す。「気に入ったものはやたらと食べる」。それがわが家の家風だと気が付いたのは、だいぶ経ってからのことだが、栗好きな祖父は、思う存分食べたいため、庭の一角に栗の木を植え、楽しみに育てていた。そして、毎年秋に収穫された栗すべてが、祖父の胃袋におさまったというわけだ。当時は武蔵野の面影が色濃く、春には筍《たけのこ》を掘り、蕗《ふき》の薹《とう》を摘んだりした。今思えば、そちらは祖父好みでなかったから、我々の口にも入ったのかもしれない。僕が子どもの頃暮らしていた鎌倉に遊びに来た祖父が、僕らの食べっぷりに気持ちが悪くなったよ」と呆れて帰っていったが、祖父だって八十を超えた老人が食べる量じゃないよ、と僕は心の中で眩いていた。

実りの秋。春に蒔いた種が育ち秋に収穫する。縄文より食された栗は、初夏にふさふさな白い花をつけ、茹栗からは想像できない悩ましい匂いを発する。中秋の月見に栗ご飯を炊くご家庭もあると思うが、寒くなると、鎌倉の駅前で焼き栗が売られはじめる。そうした季節の折々に、大地に感謝し、味わうことが、「実りの秋」なのだと思う。収穫の秋は様々だが、日本の基は言うまでもなくお米である。豊葦原瑞穂国《とよあしはらのみずほのくに》の象徴であり、長らく経済文化の中心的な役割を担ってきた。ここで米について述べる紙幅はないが、十一月二十三日に、天皇陛下が新穀をお供えし、豊穣に感謝、お祝いをする収穫祭、新嘗《にいなめ》祭《さい》という一年で最も重要な祭祀が行われる。ＧＨＱにより押し付けられた、勤労感謝の日という空虚な名をいつまで使うつもりなのであろうか。

さて、秋の味覚の王者は、なんと言っても松茸だ。高度成長期を境に、水田と並ぶ日本の原風景である里山は消え、松くい虫の被害で、中国や韓国、カナダなど世界中のそれが日本に集まってくるようになったが、丹波篠山《ささやま》に代表される京都周辺の日本産には敵わない。「匂い松茸、味シメジ」の諺《ことわざ》や、『万葉集』に「芳《か》を詠む」と題された歌があるように、天然の茸に勝る香気はないと思う。

伊賀上野、忍者の里に、僕が中学生の頃から入りびたりの、陶芸家、福森雅武氏の工房がある。髭を蓄え大柄な福森さんは、いつもニコニコ、大きな声で笑い、名まえの通り福を呼ぶ人だ。四季折々が暮らしの中にある日本の田舎。幾度訪ねたことだろう。決まって「もう、駄目」というくらい食べ、倒れるまで飲んでいる。僕はここで「堪能する」ということを覚えた。

福森さんは、「むかしは、今日も松茸？　と文句を言ったくらい、登下校の途中蹴って歩いていたんだが……」と独り言、籠いっぱいの見事な松茸を眼の前に置く。言葉を失い呆然としていると、欅漆《けやきうるし》の重厚な囲炉裏《いろり》に炭をおこし、松茸を手で裂いて焼く。松茸そのものを味わうには、これが一番、美味いものを食べると言葉をなくす、とは本当のことだ。僕は囲炉裏に徳利《とっくり》を突っ込んだ。段々と焼き松茸の煙と、その香りが重層し自然と微笑む。松茸を模した弥生時代の素焼きの人形は、こんな場面を喜んで描いたように思う。松茸と燗酒《かんざけ》、これは食というより、民族のＤＮＡに染み込んだ季節感、幸福感なのではないだろうか。

あるとき福森さんの秘密（?）の山に、松茸狩りに同行する。ただ茸《きのこ》を採るのではなく、その場で味わうという。調味料や炭など調理道具を手分けして担ぎ、松茸や本シメジ、沢山の種類の雑茸を歩きながら採る。松くい虫にやられる前は、全山茸山というところだった。茸は気温が下がって、いい具合に雨が降ると一斉に出てくる。これればかりは運だ。野外のバーベキューサービスがあると聞くが、お手軽はお手軽な味でしかなく、苦労と感動は、結局比例すると思う。僕らは山の頂上にある大きな岩場で乾杯した。炭をおこし、とれたての松茸を網焼きにする。焼くほどに香りは天に向かい、風向きによって、それを全身で浴びる。鼻だけでなく耳の中でも、香りの音楽とコリコリという歯ごたえが響きあっているのだ。火がいい加減になると、福森さんはアルミホイルで包んだ松茸を、炭火の中につっこんだ。蒸し焼きの香りと独特の歯ごたえは、筆舌につくせない。

得もいわれぬ味、牛肉や鶏肉と松茸のすき焼き！

僕は普段、土鍋で蒸し焼きにした後、日本酒をさっとまわしかけたり、牛肉や鶏肉と、すき焼き風にする。肉を焦げ色がつくまで焼き、塩コショウで味を調えたら、肉が見えないくらい松茸を投入し、適量の醤油と日本酒を振って蓋《ふた》をし、最後は蒸し焼き仕上げにする。松茸は茸の中でも肉との相性よく、太った軸と笠に肉汁が染み込んで、素焼きとは一味違う。が、僕は松茸山で、多少の土など気にせず食らいついたあの日の感動を忘れられない。昨今、レバ刺しのことが話題になっているが、確かに出すお店の側の責任もあるだろうが、「食べること」は人任せにするものではない。味覚は千差万別で、基準は人それぞれである。あまりに安全安心偏重のように思う。図鑑を見ながら、採った雑茸を食べた。ドキドキする。ある冬には牡蠣《かき》を食べ過ぎ一週間寝込む。つらい。でも貪欲に食べることで、人は学び免疫もできるのである。短い人生を楽しむために、僕は「個人主義」を貫きたいと思っている。初めて海鼠《このわた》腸や海鞘《ほや》、スッポン等を食べた人のようになりたい。

だが、松茸ばかりが茸ではない。先の諺にあるように、状態のいい本シメジは、芳醇で奥深く、年を重ねるにつれ、僕はこちらを選択するようになる。京都の料理屋では、鱧《はも》と松茸の土瓶蒸しが定番だが、味より松茸というブランド偏重で、お客も松茸が出てこないとがっかりするのであろう。誠に残念である。松茸にこだわらずとも、とれたての雑茸は、脂がのったこの時分の落ち鱧と合う。雑茸を出汁に、鱧をさっとシャブシャブ(茹ですぎは厳禁)し、まずは鱧だけ梅肉といただこう。脂がおち、茸の出汁を吸った鱧と、すっぱい梅肉の取り合わせは、見た目にも鮮やかで食欲をそそる。次に鱧と茸をポン酢と一緒に食すれば、「また来年の秋まで生きよう」と思うはずである。ここ数年は、外国産の松茸を出汁に、鱧だけ食している。〆《しめ》に新蕎麦を投入し鱧蕎麦にするのが、密かな楽しみである。

ここまででかなりお腹いっぱいだが、食べ歩くことを生き甲斐にしていると、欲に際限がなくなる。食をより楽しむためには、日本から出よう。一昨年の秋、長野に新蕎麦を食べに行く約束をした知人から、韓国の友人も誘いたいと申し出がある。信頼する友人の一言から、僕も鼻をきかせるので、気持ちがよくわかった。何事もタイミングが大事で、「今度ね」と言っているようでは、チャンスは二度と巡ってはこない。大袈裟に言うなら切り開くのである。

　蕎麦については別の機会に譲るとして、朝羽田に着いたその足で、韓国のAさんとJさんが合流した。彼らは慣れた様子で、新蕎麦をズルズル、ざるをおかわりした。これは大丈夫。当然、食べものの話になり、松茸が話題にのぼる。すると、Aさんが、「来秋ソウルに松茸を食べに来てください」という。以前、ある染物師が、「韓国の田舎で松茸を存分に食べた」と話していたのを僕は思い出す。リップサービスと思ってはいたものの、初対面の彼らを信じていたら、昨年のお盆休みに、「そろそろですが、いつがいいですか」ときた。僕は二つ返事でソウルに飛んだ。

　松茸の味は、日本のものと比べると、正直たいしたことはなかったが、町全体の食に対する高いエネルギーには目を見張る。朝食にフグ鍋が出てきてまず仰天したが、彼らの案内で一日五食、よく飲み且《か》つ食べる。北朝鮮との国境に足をのばし、国境の川で採ったばかりの藻屑蟹《もくずがに》、いわゆる上海蟹を、辛い鍋や、茹でたてで堪能。「ミソだけでいいよ」、と無理な追加注文をしたりして、上海で食べた上海蟹の、ミソだけを包んだ小籠包を思い出した。名残惜しくて、お土産に冷凍してもらったが、マズイので真似をしないように！　上海蟹の季節は十二月、まだ九月のはじめだったので、ちょっと得した気分になる。平日にもかかわらず店は

左：左からムキ茸の炒め、本シメジの塩焼き、ポルチーニの大蒜炒め。底の絵柄が楽しいスリップウェアは19世紀米国のもの。

右：グラタンで茸を味わう。オランダの焼きものの中心地・デルフト産の器（17世紀）で。（いずれも著者料理）

満席で、誰もが目当てのそれを頬張っている。ユニークだったのは食堂のシステムだ。靴を脱ぎ、広い板の間で待つと、取り皿や薬味などがのった卓袱台《ちゃぶだい》が運ばれる。食べ終わると、鍋や皿などがのったままテーブルごとさげられるのだ。合理的なんだろうか？

フランスのセップ茸、サルデーニャ島のポルチーニに舌鼓

忘れてならない茸が、美食の国フランスにある。松茸のように香りたつセップ茸だ。イタリア語でポルチーニ、と言えばおわかりだろう。日本にもヤマドリダケという同種の茸がある。見た目には大差ないが、採れる場所や状態により、味は違うように思う。十年ほど前、南仏アヴィニョン近郊にある中世のお城で、パリでの個展の作陶のため、ひと月ほど湍在していた福森さんと合流したことがある。そこには人口百人くらいの、小さな教会とフランス人に欠かせない朝だけ開く焼き立てのパン屋があるだけの寒村。車で三十分くらい山道を行ったところに、量り売りのワインショップと、スーパーもあって、自炊して過ごすには、居心地のいい田舎の村だった。休暇はレストランや旅館の食事を食べるものだと思いがちだが、旅の真の醍醐味は、暮らすように食べながら旅をすることだと思う。

ある日、その村に一軒だけある売店に人が集まっていた。のぞくと大量の茸が売られているではないか。ちょっと黄色がかり、軸はやわらかいがしっかり大きな茸、それがセップだった。炭火で網焼きしたり、蒸し焼きと試してみたが、管理人の老夫婦に教えられたオリーブ油と大蒜《にんにく》で炒めたのが美味かった。会話は身ふり手ぶりだけだが、おじいさんは異国から現れた僕らとの会話が楽しいようだった。理由はわかっている。奥さんに気兼ねせずワインが飲めるからである。フランス人の頑固なところは、シ

ンプルに塩焼きにしないこと。えっ、と思うほど多量のバターと、ソースをかける。郷に入れば……と言うけれども……。

僕は、「セップ、セップ」と毎日通ったが、いつもあるわけではない。それに、松茸より足が早く、香りも単純、料理法も限られるので飽きるのも早かった。松茸は、欧米人や中国人には松脂《まつやに》臭いといって好まれないのは、やはり僕らは松茸の香りを食べているのかもしれない。茸の季節には、北イタリアに何度も旅したが、生のポルチーニに出会うことはなかった。タイミングがあるのだ。まさしく人生と同じである。が、今年の六月、イタリアのサルデーニャ島で、夏のポルチーニに舌鼓を打つことになる。時期も早く本当に珍しいという。やはり生は香りが違う。早採りの茸、前述の上海蟹の所でも記したが、初物の縁起担ぎに、江戸っ子は借金してまで初鰹を買いに走った心意気を、異国の空の下で再現する。「ポルチーニ採れましたけど……」に誘惑され、昼食の予定を変更。単なる食い意地が習慣になり、食文化まで高められたこともあると思う。何事も愛情と欲望の深さから、生まれるものだと信じている。

締めくくりに芳茸の代表、トリュフについて思い出したことを記す。数年前の秋、僕はハプスブルク家の取材旅行が終わり、ブダペストから、クロアチアまで足をのばした。「アドリア海の真珠」とたたえられる世界遺産の街、ドゥブロヴニクをはじめ、中世より栄えた数々の城塞都市を見聞するためだ。深く青く澄み渡った海アドリアの、幾多の小島が続く海岸線に沿ってディナラアルプスの森林が連なる美しいクロアチア。山海の幸と刺身(厨房で鯛を刺身にする)にも合う塩気のあるワインを存分に味わい、僕は、かなり満足していた。が、イストラ半島の山中、モトヴァンという小さな村で、思いがけすトリュフを発見することになる。

城壁に囲まれた丘の斜面の天辺に、ロマネスクの教会が建つ小さな村。ここの森は、「トリュフの森、聖マルコの森」と呼ばれ、許可された者だけが採ることが許され、愛好家で知らぬものはいない産地であるという。実際のところ、イタリアの白トリュフの七割がこの地のものだ。麓に車をとめ、ゆっくり石畳を歩き、頂上の食堂でトリュフ入りのパスタと地のワインを頼んだ。強い太陽が照りつける眼下には、葡萄やオリーブ畑が広がっている。ここは秋から冬にかけて、昼に熱せられた地面が放射冷却によって、朝霧に覆われることがあるという。僕は茸たちが、にょきにょき出てくる場面を想像していた。

パスタを食べる。クロアチアには、「茹で加減」という言葉はなかったが、さすがヴェネツィア共和国が五世紀もの間支配していたモトヴァンだ。僕はアルデンテにのった多量の黒トリュフの香気を浴びる。店の人に「白はありますか」と尋ねると、手伝いの少女はすまなそうな仕草をした。が、程なくすると奥から目を輝かせ戻ってきて、一枚の紙を僕に差し出した。来週末に近くでトリュフの市が開かれるというのだ。「食い意地」という欲望は時に、このように偶然をひっぱりこむ。調べてみるとハプスブルク家はこの地のトリュフを独占していたという。仕事とはいえ偶然の産物、かのマリア・テレジアに招かれたのかしら！　芭蕉のように「旅を栖《すみか》とす」とはいかないが、機会をみつけこれからも、世界の茸を食べ歩こうと思っている。

早採りのポルチーニに舌鼓を打ったイタリアのサルデーニャ。

9 肉の原風景

伊賀丸柱・土楽 福森邸

昭和六十一年十一月十六日、珍しくも次郎は正子と連れ立って、結婚式をあげた思い出の地、京都へ向かった。これが、結果的に祖父の最後の旅となる。途中、本稿に度々登場し、祖父母が実の息子のように親しく交わった伊賀の陶芸家、福森雅武さんの工房へ立ち寄り、素焼き二百個に絵付けを施した。馴染みの寿司屋の湯呑が良くないと、自ら「きよ田」と書いた湯呑を作るため訪れたのである。ウイットのあった祖父らしく「きよ田のバカ」と記したものまであったという。手土産は福森さん大好物のモルトウイスキー二本、一本は宵の酒になる。

伊賀の丸柱《まるばしら》においしいものを喰べさせる家がある。本職は陶工だが、料理が好きで、自分の山でとれる茸《きのこ》や山菜が中々うまい。松茸などは背負籠にいっぱい出て来るし、冬は猪《いのしし》、夏は鮎《あゆ》も釣ってくる、それに伊賀は肉もうまいと、うまいことずくめで誘ってくれた友人がいた。

(白洲正子『日本のたくみ』新潮社)

この出会いは、僕の生まれた頃だと思う。「それから後は、ひまさえあれば丸柱をおとずれるようになった」(同前)と記す祖母。しばらくして祖父も足繁く通うようになり、夏には軽井沢、祖父の別荘に招待する。福森邸の広い玄関は、来客のために必ず水で清められ、季節に相応しい花など飾られている。暖簾《のれん》をくぐると、黒光りした板の間の空間の奥、床の間にも季を設《しつら》える。大壺に生木が豪快に投げ入れられたり、時には「白隠《はくいん》」の軸が掛けられている。まずは一杯、とすぐに酒宴が始まる。福森さんはいつも、大きな囲炉裏《いろり》に炭をおこし、旬の料理でもてなしてくれる。この最後の旅の折に、自作の黒鍋で焼いた部厚いヒレ肉（厚さ五センチ、約二百グラム）を、祖父は「もう一枚くれよ」とペロリと二枚、平らげた。それ

イノシシ肉を焼く陶芸家・福森雅武さん。

がなんと死の一週間前、健啖家だった。

「食欲の原風景」を一つ挙げろと言われたら、迷わず中学一年か二年の夏休みのことを思い出す。「伊賀の福森はお前とウマが合うだろう」と次郎に勧められた父とともに、彼の運転する車で、丸柱を訪れた。僕は、初めて食べる生肉に衝撃、あっという間に大皿が空になってしまう。遅れて挨拶に来た福森さんの四女が、「イチボのお刺身、全部食べられちゃった!」と泣いたのを今でも思い出す。「また、食べさせてやるから」となだめる福森さん。傍らですまなそうにしている中学生に、「なんでも堪能したらいいんだ」と酒を勧め、続いて横隔膜《おうかくまく》(ハラミ)等次々に肉が焼かれていったのだった。

あの夏休みの夜から三十年余り経つが、刻まれた記憶は今でも鮮明に蘇る。強烈な個性の持ち主、伊賀丸柱の七代続く窯元の主人、陶芸家の福森さんとは、今では阿吽《あうん》の呼吸で、身体の一部の様であるが、お互いまだ若かった。それを機に、僕は休みの度にお邪魔をし、数え切れぬ程、囲炉裏を囲み、季節の食に舌鼓をうつ。大学生の時は、僕のあまりのペースに、「肉屋に買いに走ったんだぞ」と彼は笑う。僕は彼を真似、人を招き、もてなしているが、「炭と土鍋」と「季節の食材」が無ければその食卓は成立しない。炭と自作の土鍋が、今に続く「食欲の原点」だからなのだと思う。

今、小林の祖父から引き継いだ卓袱台《ちゃぶだい》で、これを書いているのだが、もう一つ、「肉の原風景」を思い出した。小学生の時、鎌倉の祖父の家で食べた「すき焼き」である。鍋奉行は静かに、慣れた手つきで、じっと鍋を睨《にら》む。その横で、固唾をのんで、祖父の合図を僕らは待つのである。威勢のいい「よし」が待ち遠しく、先に味見をする祖父が羨ましくもあった。出汁、醤油、日本酒、それに多めの砂糖を入れるのは、今思えば昔の人だなと思う。京都の老舗で同じように大量のそれが放り込まれると、僕は一気にしらけてしまう。あんなに入れたら口の中がジャリジャリ言うんじゃないかと思う。甘味というのは、食材からにじみ出てくるもので、脂が乏しく、肉質の悪いものが出回っていた貧しい時代の名残りだろう。紹興酒に砂糖を入れるのも昨今見かけなくなったが、「甘い」が贅沢な一世代前の奉行だった。

祖父は自慢の酒器で独酌、今なら「斑《まだら》」とか「井戸」とか叫んだのかもしれないが、その時は分かるはずもない。「子どもの頃から良いものを見ているから当然ですよね」と僕はよく言われるが、環境がすべてではないと思う。その証拠に父は、古美術には見向きもしないし、孫の中で好きで買っているのは僕だけである。要は自分自身で感じ、好きにならないと何でもダメなんだと思う。「旅する舌」。食べることに興味がない人にとっては、無駄な時間なんだろう。食は生活と近いので、これは我が家全員に遺伝しているようである。酒豪も同じである。祖父も、段々と調子がのって、声のトーンが高くなってくるのだった。

話がそれるが、ある仲秋の晩に、小林の祖父が住んだすき焼きの家で月見をした。鎌倉鶴岡八幡宮裏手高台の、見晴らしのいい景色に祖父は惚れ込んで、日々の生活の不便など考えもせずに購入を即決した。祖父お気に入りのレコードをかけ、酒をくらい、いい感じであった。「月が西の山の稜線に沈むまで眺めていたわよ」と母が話してくれたが、祖父にとって日々の生活が旅に出ているようなものだったのかもしれない。僕は月と音楽、それと桃山の酒器でお腹が一杯、になった気がしたが、あのすき焼きの匂いにも、触れた気がした。

年を重ね、量から質へ転換しつつあるのか、たまに、「プチ断食」と称し、野菜ジュースで三日間過ごすことがある。食、酒、景色……人生全般に言えるのだろうが、何でも満たされた日々からは感動が逃げていく。空腹は「食」の別次元の感動を僕に教えてくれた。甘いとか辛い、酸っぱいに塩気……その微妙な味覚を再発見するのである。B級グルメも結構だが、いつも濃い味を食べ続けていると、我々民族が培ってきた繊細な舌が台無しになると危惧する。何でもバランスが大事で、粗食の中、たまの贅沢に感動と発見があるのだと思う。

堪能すること

伊賀では兎に角食べた。呑んだ。部厚いヒレ肉を土鍋で焼くのをじっと見る。食は味だけではなく、人、空間、出来上がる過程、そして酒。すべてが整っていないと台無しになる。「美味い」それだけでいい。懐の深い福森さんは、「愉しんだらいい」といつもニコニコしている。理屈や、「柔らかくて美味しい」なんてあたり障りの無い、詰まらない言葉を吐いたら終わりである。たわいもない会話の中に、主人と客との真剣勝負があり、以心伝心で時を過ごす。今では僕も、来客の折に、同じ伊賀の肉を取り寄せているが、彼から料理法を習ったことはない。旅に出たり、台所で手伝ったりしているうちに、魚のさばき方や手順を自然に会得していった。だから、僕の料理はいつも福森流、その時の気分で変幻自在。と言うと格好良いが、プロのように決まったことが出来ないだけなのである。

伊賀肉は腸などの内臓も含め、様々な部位を食べ尽くしたが、先に記したイチボは、お尻の近くにある三角形をした部位で、その三角の先っ

左：伊賀牛のイチボのタタキ（上）とヒレ肉（下）。
右：伊賀肉の最高峰、ヒレ肉を黒鍋（土鍋）で焼く。黒鍋を炭火で熱して肉を焼くと、表面は硬くならず、遠赤外線効果で、中はほんのりと程よい加減になる。

ぽがもっとも刺身に適し、珍味である。山葵《わさび》やおろし大蒜《にんにく》、和辛子《がらし》などと、醤油をつけて食す。ちょっと見た目は鮪《まぐろ》で、表面をさっと炙ったり、そのまま握って寿司にしてもいける。下のほうは五センチ角程度のブロックにして、表面に塩、胡椒を摺り込み、表面を強火で網焼きか、熱々のフライパンで真っ黒になるまで焼き、少し冷ましてから切ると、中がピンク色、いい具合のローストビーフが出来上がる。正確に言えば、温かいローストビーフである。本場英国では、冷めたものを、翌日の晩御飯にするのだが、なぜあのように冷めたまま食べるのか、僕には解せない。そしてまたなぜグレービーソースという甘いソースと、辛子を一緒にして甘辛くするのか？　誠に不思議な国だ。僕の定番は、イチボに田芹《たぜり》やクレソンを巻いて食べることだ。本場のように西洋山葵を入れてもいいが、欠かせないのが肉に一番合うソース、醤油である。あまり知られた部位ではないが、煮込み以外は万能で、ちょっとだけ懐にも嬉しい（昨今はよく見かけるようになった）。

網焼きならハラミが好きだ。内臓扱いなので、最近は手に入れるのが難しくなった。ざくっと、ちょっと厚めに切り、塩、胡椒に適当な薬味と、醤油をつけて食べる。市販されているタレを付けたり、タレに漬け込んだ肉を焼くこともあるが、あれは質の落ちる肉をごまかす食べ方で、美味い肉ならわざわざ複雑な味にすることはない。それなら肉を吟味することもないと思う。神戸や松阪などの他の産地がダメだと言っているわけではないが、衝撃的な出会いをしたためか、牛は伊賀と僕は決めている。その最高峰はヒレ、それも冒頭で記した黒鍋に炭火で、じっくりと焼いたものだ。

福森さんはヒレを一本買う。丁寧に周辺のスジと脂身を削ぎ（ヒレのスジは他のそれと違って柔らかく、煮込まなくても大丈夫）その先端から少し下にある、一番太い部分の、そのまた中心は、唸るほど美味い。肉の醍醐味は、脂の多さでも、柔らかさでもない。肉、肉を食べているという歯ごたえと、適度な脂だと思う。黒鍋を炭火で熱して肉を焼くと、表面は硬くならず、遠赤外線効果で、中はほんのりと程よい加減になる。僕が鉄板焼きという調理法を好まないのは、表面が硬くなり、中まで火が通らないからだ。折角、塊で焼き始めても、最後は、酷いものだと食べ易くサイコロサイズに細切りにされる。食べ易い？それでは肉を食べていることにはならないと思う。

僕は厚切りを塊のまま、かぶり付く。フォークなどで小さくしたら台無しで、肉の重みと歯ごたえを、箸で、手の指で感じながら味わうのが流儀である。僕の場合は噛むというより飲み込むだと言う人がいたが、一枚目は助走、二枚目にいい感じになり、腹一杯からの三枚目で堪能し、完結する。一度もういいよ、というまで食うことで解ることがあり、おそらく福森さんの「堪能」というのはそれが含まれると思っている。子どもの頃のこうした経験は、一生のこととして残り、僕はなんでも「堪能する」、やり尽くすことを、中学の時から心掛けるようになった。

イチボ（刺身）、ハラミ（網焼き）、そして最後のヒレ（鍋焼き）。三点セットをいつも楽しんでいるが、タンも外せない。霜降りの大きな所を薄く切り、さっと塩をしての網焼きは堪らないが、いいものを仕入れるのが難しい。時間が許す時に作るのがタンシチューだが、伊賀上野の「ストーク」と、東京上野御徒町の「ぽん多」のそれを食べに行くのが無上の喜びである。晩年、日比谷の病院に度々入院していた祖母は、「ぽん多のタンシチュー、誰か買ってきて頂戴」が口癖だった。あのルー、素人には無理。最後の〆にあのルーを丁寧にかき集め、白飯の上にちょっとかけて食べる。プロの味だ。

伊賀は肉の宝庫

伊賀は豚もなかなかだ。バラを超薄切りにスライスしてもらい、シャブシャブにして、時々食べている。出汁と日本酒を入れた湯にさっとくぐらせ、大根おろしと醤油、ポン酢を加え（黒七味や柚子胡椒《ゆずこしょう》を振ってもいい）食べる。野菜はネギなど、これに合うものだけ一種類が僕の好みである。塊で買った時は、生姜《しょうが》やネギなどを入れた水に大量の胡椒を入れ、塊のまま小一時間、じっくり茹でる。それを吊り下げ、余分な脂をさらに落とし、ひと口大に切ってさっと焼く。次にそれを大根と煮る。柔らかくなったら、仕上げに醤油と日本酒を振りながら照りがつくまで焼くと、角煮の出来上がりだ。ポイントは如何に余計な脂を抜くか、柔らかく煮るか、である。大根を入れるのはそのためである。

また冬、見逃せないのは野生のイノシシである。福森家に、近所の知り合いが、「マーちゃん、イノシシ捕れたからよろしくね〜」とぶら下げてきた。彼は苦笑いしながら、「血抜きをちゃんとしないといかん」と手際よくさばき、猟師の特権だと言い、内臓を食べる。野山をかけ巡り、ドングリなどを食べて、冬に備え丸々と太った猪の脂はすっきりと甘く溶ける。塩、胡椒だけの網焼きも良いが、先の黒鍋ですき焼き風に、セリやネギをどっさりかぶせて焼くのが好きだ。とくに相性の良いのが牛蒡《ごぼう》で、牛蒡好きは、黒胡椒、和辛子、かんずりなど調味料を替えながら様々な味を試す。仕上げは、丼に白飯、イノシシ肉を卵でとじたものをかける。親子丼ならぬイノシシ丼の完成だ。イノシシは歯ごたえも独特だが、食べた後、身体が温まる。精がつく、というかたもいるが、冬限定の元気印である。スペインにイベリコ豚という高級ブランドがあるが、あの脂身に近い。イベリコは豚というより、イノシシとの間の子という風貌で、最近では様々な部位のハムが輸入されている。僕はイベリア半島南部、セビーリャの北にあるイベリコ豚の本場、JABUGO（ハブーゴ）の近くでハモン・イベリコならぬイベリコ豚の焼肉を食べたことがある。焼けばやはり豚なのだが、脂身は独特である。牛タンならぬ豚タンや、日本ならトンカツにするような大きな肉に塩、胡椒だけして炭火で焼いたものは、なかなかの美味だった。これとルーツを同じくする種がハンガリーにあるのだが、それはまたの機会に！（「11ドナウを東へ②」参照）

何でも食べる福森さん、頃合を見計らって、宇治の農家のかたが育てている鶏肉を仕入れてくる。つまり、家族用で一般には出回っていないもの。その鶏もイノシシのように、地べたを走り回っているのだという。比内《ひない》地鶏や名古屋コーチンなど、畜肉と並び鶏肉もブランド化が流行っているが、濃厚で澄んだ脂に噛みごたえのある「肉」を一度味わってしまうと、無印の野生の味覚の虜になってしまう。脂は金色で、見た目はギトギトしているのだが、味はすっきりしていて、ただちょっと硬いのですき焼き風に日本酒と一緒に煮て食べる。野菜嫌いでもこれなら何でもいける。ただ、数が揃わないし、農繁期には買えないのである。今は冷凍のそれを大事に食べている。

最後に昨今の発見を記す。浅草雷門の近くにある「鷹匠壽」というイチゲンお断りの、鴨《かも》を食べさせてくれる店がある。客は一晩に、二階の日本間二組だけだ。日本刀が作られる鋼《はがね》を炭火で熱々にした上に、薄切りの鴨を貼り付けてさっと焼くだけだが、今まで経験したことのない鴨焼きだった。おそらく鋼に秘密があると思うのだが、主人しか焼けないので、想像するよりない。この冬もまた行きたい……。

冬限定の元気印、イノシシ肉。歯ごたえも独特だが、食べた後身体が温まる。

10

冬の〝すい場〟

皇室献上蟹を食べ尽くす

去年の秋、福森さんは、「冬になったら、能登へ寒鱈を喰べに行かないか」と誘ってくれた。その時、「すい場」という言葉をはじめて聞いた。本来は京都の子供たちが使う言葉だが、自分だけが知っている内緒の場所で、好きな友達か、尊敬している人間にしか教えない遊び場のことである。私は光栄に思った。心待ちにしていると、二月のはじめに電話がかかって来た。(中略)

能登のどこへ行くとも知らず、京都の駅で待ち合わせ、北陸線に乗ると、例によって、すぐ酒宴がはじまった。私が覚えているのは、北陸にも(その年は)雪がないことと、金沢で乗りかえたことだけである。やがて誰かの家に着き、福森さんが料理にとりかかる。乾吉さんは京都から、包丁とまな板と砥石まで持参していた。

さて、待望の寒鱈は、東京の鱈とはぜんぜん別物で、話には聞いていたが、こんなにおいしいものとは知らなかった。刺身にしても、ちりにしても、煮ても焼いてもうまい。ま子や白子のとろとろした味も、河豚に劣らない。そのほか、なまこにこのわたにこのこ、銀色に輝くさよりの糸づくりなど、この世のものとは思われなかった。

(白洲正子『日本のたくみ』新潮社)

昭和五十六年、僕が十六歳の時の一文だが、僕が祖父母宅に同居を始めたある日、「信哉、今年は私の

冬の味覚の王様、ズワイ蟹。大振りのオスは越前ガニと呼ばれる、唯一の皇室献上蟹だ。

名代で行っていらっしゃい」と有無もない一言で、どこへ行くとも知らされず旅に出た。東京駅で見知らぬおじさんおばさんグループに合流し、新幹線に乗ると、食堂車で酒宴が始まった。祖母から言付かったものを渡すと、「これ先生から差し入れ」と封をきり注ぎ始める。重たい荷物は、一升瓶だった。恰幅のいい男が「若」と叫んで、僕にも注いでくれる。僕はシンヤなんだけど、と内心思っていたが面倒なので黙っていた。米原で北陸本線に乗ると、旧知の陶芸家・福森雅武さんが合流し、騒ぎは一段と大きくなり、車両はお座敷列車と化した。

初めて見る冬の日本海は吹雪だった。夏と冬では全く別の顔をしている。同じ内海の地中海は、「青い空と青い海」。太陽の強弱はあるが、一年を通し「青色」の濃淡が美しいのと対照的な、「黒い海と黒い空」。岩に当たる波風には、怖ろしさと哀愁を感じる。反対に列車の中では、いい感じになってきた。大人たちを、ちょっと冷めて眺めていると、七尾という町に着いた。

風は益々強くなり、僕を「若」と呼んだ男が、見た事もない大きな魚をつかんで、値段の交渉をしている。それが今晩のおかず寒鱈《かんだら》だった。ある民家で宴会の続きが始まった。福森さんと恰幅のいい男が、大きな魚と格闘、その包丁を握る姿に、彼が板さんだと解る。十年程前に鬼籍にはいったMさんとの濃密な付き合いの始まりだった。

東京、西麻布の交差点近くにあった彼の店で、週末になると独り晩飯、店が終わると、二人で飲み、一睡もせず築地に行った事もある。ときには旅に出て、日本を食い歩く。彼との付き合いの中から、結果的に食材と料理の基礎を学んだ。僕が自己流でなんとかなるのは、学生時代に自然と身についたものがあるからだ。出汁の取り方、ご飯の炊き方、潮汁の作り方……特別講義はなく、また料理を覚えようとした訳でもないが、Mさんの爛々と光る眼、無駄のない動きに僕が見惚れていただけである。ある晩、いつものように汁を飲むと、「ちょっと濃いな」と感じた。Mさんにその事を話すと「若、今日はお疲れでしょう？　階段を降りるテンポが遅かったですよ」と言ったのだ。Mさんは、僕の足音で体調を察し、味付けを変えたのである。僕は感動した。そして、千差万別な舌をつなぐものは、食材や産地、技術以上に、お客への愛情、気配りなんだと知る。僕が新しいお店を開拓しないのは、長い付き合いの中から生まれてくるものを、大事にしたいからである。

話を戻す。北陸の初日、祖母が記した通り、寒鱈は刺身や鍋にと、捨てるところがなかった。真子や白子のトロリとした味、海鼠腸《このわた》やホシコやシズク……今でも僕の好物だ。翌日は牡蠣《かき》を殻から剥く作業小屋を見学、かと思ったら準備万端、お酒は勿論、七輪を持ち込み、火をおこし始める。剥き、食べる、剥き、食べる。「8食欲の秋」冒頭の、祖父の栗のシーンと同じだ。剥いているのは専門職の女性で、殻をあけたその手でパス、バクリとやる。磯の香りが強く、ちょっとしょっぱい牡蠣。それもそのはず、ここは七尾湾内の入り江にあり、手を伸ばせば透明で濁りのない日本海がつかめるのである。夏場のミルクたっぷりの濃厚な岩牡蠣もいいが、冷たい海水で身が引き締まった冬牡蠣は、ひと噛みひと噛み、無限の広がりがある。噛みしめ味わうというより、口にひろがった香りがそのまま舌の上で溶けて消えていくようで、大きさや厚みでうける感覚がまるで違うのだ。「なんだこれは」。刺激をうけた僕の脳は、やがて麻痺したように、一点集中食らいつく。かたわらにいたMさんも参戦、食べるのではなく殻を剥くのを手伝っている。どうやら僕があまりの早さで食べるので、殻むきが追い付かなかったようだ。波の音が大きくなるにつれて、七輪の火もいい具合に、今度はMさんが殻のまま網に載せる。これまた美味、ちがう牡蠣を食べているようだ。身はしまり、ジューシーというよりさらに濃厚になって、まるで生き物が新たな生を受けたかのようである。食欲倍増、飽きると生に戻り、また焼く、を繰り返す。「もう落ち着きましたか」Mさんは呆れたような顔をした。殻を剥いていた女性が、「よく食べなすったね。百個超えているんじゃないですかね」とこちらを見て笑っている。一度飽きるまで食べてみると、そのモノの本当の味というものがはっきり解ると思う。他にアカニシという名の小粒の貝や岩海苔も美味だった。牡蠣と同様に、「海そのもの」を食べているような味だ。東京に戻って暫くは、気が抜けたようで、食欲も湧かなかったが、海のものを一点集中堪能した初めての旅、それからは欠かさず、「すい場」になった真冬の北陸を食べている。

金沢の大羽鰯、氷見の鰤に見る、澄んだ脂の透明感

毎年欠かさないのは、一月末の金沢と氷見《ひみ》である。比叡山山麓覚性律庵《かくしょうりつあん》を再興した光永澄道大阿闍梨《みつながちょうどうだいあじゃり》存命中は、一月二十八日に行われていたお不動さんの大護摩《おおごま》法要の精進落としと称して、お寺の車で向かったこともある。阿闍梨さんが一緒の時も何度かあった。阿闍梨さんについて述べる紙幅はないが、千日回峰行、十二年籠山という苦行を果たした行者である。英国遊学の帰路真っ先に向かったのもこの庵《いおり》で、僕の人格形成に不可欠な方であった。

小京都金沢。祖父の次郎も毎冬、蟹を食べに通っていた。兼六園の雪吊《ゆきつり》や茶屋街など、冬の風情に魅かれ訪れる観光客も多いが、僕の目当てはノド黒と大羽鰯《おおばいわし》だ。ノド黒は、すっかり高級魚になってしまったが、独特の魚臭がなく、新しいものは刺身でいける。炙《あぶ》って握ることで臭みはとれるが、僕は胸からすぐ下の一番脂がのっているところの生の握りを好む。尻尾にちかい部分は駄目だ。口の中が黒いことからその名がついたノド黒。一年を通しているが、冬が特にいいようである。真鯛《まだい》の澄んだ良質の白身

が、日本海の引き締まった良性の脂で何重にもコーティングされたような自然の恵みである。人も魚も、寒いところに行くとシャキッとするのは同じではないだろうか。

大羽鰯も同じ理由だ。とれたてに限るから、いつも必ずあるわけではないが、一回り大きい鰯には、他で味わえない透明感がある。他にガス海老、万寿貝《まんじゆがい》など東京ではお目にかかれない種も豊富、やはり出掛けていかないといけない。市場では、ズワイが眼を惹くが、これは他に譲る。僕の中で、この地の蟹は二番手なのだ。ただ、値が張るオスではなく、香箱《こうばこ》というメス蟹の丸ごと塩辛風にした瓶詰がよかった。酒との相性が抜群で、復路の車中、酒のお供に重宝した。残念な事にどこで手に入れたのか思い出せない。大脳皮質に染み込まなかったようである。

一月末に訪れるには訳がある。行きつけの氷見の寿司屋で、名物の鰤《ぶり》と本鮪《ほんまぐろ》の子ども、メジを同時期に食せるからだ。贅沢な事で、最盛期を過ぎた鰤と、まだはしりの鮪。旬の終わりと始まりなので、運だめしに近い。この二つの美味には、地元ならではの楽しみ方がある。カマ下のいいところを、とれた日から、五日程度寝かせたものまで、幅広い味を試せる事だ。新鮮即美味ではない。テレビなど生簀《いけす》からあがったものを食べ微笑んでいる人もいるが、何にでも食べ頃、というものがある。青魚や小魚は総じてとれたてがいいが、大きな魚は、肉のように熟成させ、

冬の鰤を囲んで酒宴が始まる。肉のように熟成させて食するのも一興。

黒く変色した部位を落として食するのも一興で、何種もの脂の甘みを味わえる。ここには「氷見うどん」というブランドの饂飩《うどん》もあるが、澄んだ脂の透明感は、清流で洗い落とせるものは、すべて落としたような雑味のないあの饂飩の味に通じるものがある。氷見には、鏡磨《かがみとぎ》という銅製の鏡を磨いて歩く職人がいたというが、この地の澄んだ味や鏡を磨き歩いた事にも、必然があるように思う。地産地消という言葉のように、旅をして地のものを食べる、という事は、そこの風土を僕の身体と舌が記憶する事なのではなかろうか。氷見の自然観は、富山湾の先に浮かぶ立山連峰の白さ、透明感なんだと、あの美景が僕に語っている。

冬のある日、スキーの帰りに、未だ中学生だった愚息と、メジ鮪を食べに行った。冬の鮪と言えば、大間の鮪がブランドだが、それとは全く違った美味しさだ。彼も気に入ったようで、携帯電話を取り出し店の番号を登録していたのは可笑しかった。近年、鮪資源の枯渇が問題になっているが、食文化としての観点を忘れてはならない。我々と鮪との付き合いは長く、縄文の貝塚から沢山の骨も発掘され、近年までは東京湾でも鮪漁をしていたという。『古事記』などにも散見され、古くはシビと称されていた。氷見には初夏に「梅雨鮪」と呼ばれる本鮪もあがる。洒落たネーミングには歴史がある。初夏、東京の寿司屋に、香り高く酸味の利いた鮪が新潟佐渡から直送されるそれである。生の本鮪ならなんでもいいわけではなく、また、大間なら間違いない、ということでもない。たとえば金沢の寿司屋では、「大間の鮪です」と威張って出すところもあるが、東京から出掛けていく者には興味がない。要は鮪を熟知した信頼できる職人を見つけることだと思う。ある時氷見の寿司屋の主人に、「今日はまた安いね」と親しげに礼を述べたら、澄ました顔で、「ええ、今日は仕入が安かったんです」と言われたことがある。寿司屋につきもののカウンターのない、照れ屋で正直な夫婦が切り盛りしている名店だ。

日本の「表玄関」で、皇室献上蟹を食べ尽くす

能登の七尾、加賀の金沢、そして越中の氷見と巡ってきた。最後に、冬の日本海を語るのに外せない蟹についての経験を述べたいと思う。産地により呼び名は色々あるようだが、ズワイ蟹、いわゆる越前蟹は、蟹の中の蟹、王様だと思う。日本海側は俗に「裏日本」とか呼ばれるがとんでもないことだ。越《こし》の国は都への文明街道で、早くから開け大陸から先進の文化が輸入された、日本の表玄関であった。白い雪を頂く白山は、越前平野のどこからでも眺められ、長い間この地域の守り神として崇められてきたが、きっと渡来人にとっても、海から絶好の目印となってきたと思う。その白山から日本海に流れ込む九頭《くず》竜《りゅう》川河口にある三国《みくに》は、継体天皇の出身地として『日本書紀』に登場している。詩人、三好達治が逗留し、北大路魯山人が開いた「星岡茶寮」の番頭であり、祖父母の友人であった秦秀雄の故郷でもある。祖母がいつも、「あの蟹は忘れられない」と話していた。なかなか訪れる機会に恵まれなかったので余計に、僕の中では欲望と、ひとつのイメージが膨らんでいった。

数年前の冬、僕は岩場に寄せては返す波の音の伴奏つきの旅館の部屋で、越前蟹のヌシとメスのせいこ蟹を堪能していた。刺身、焼き蟹、茹で蟹と、その甘さは、やはり鮮度の一言につきる。生簀にいれて運んでも天然の生簀にはかなわないのと同時に、蟹を知り尽くした亭主と、絶妙な焼き加減、茹で加減の料理人と、仲居さんがいるからこそである。僕はだんだん蟹を剥くのが面倒になり、熟練の仲居さんにお願いすると、あらまあ、その手際の良さ！　あっという間に身の山ができる。ここの蟹は毎年皇室に献上されていることで有名だが、勿体ない事に、足の身の部分だけだという。

翌朝、日本海に面した露天風呂で前夜の余韻にひたっていると、波の音とともに、聞き覚えのあるシ

ンフォニーが鳴った。音は次第に大きくなり、もはや波の音ではなく、八方から押し寄せてきて、頭上で共鳴しあっている。すると、昨夜の蟹が蘇ってきて、荒波間を一緒に泳いでいるような心地になる。やはり僕の直覚は当たっていたようだ。冬の日本海は、この荒波なんだ。魚や蟹がそれにもまれるのは、豪雨の恵みにより、木々が年輪を重ねるのと似ている。「水」。生命の根源だが、湿潤な日本はその恵みにあふれている。僕が日本海の港に繰り返し出没するのは、南北に長い列島の海岸線で、多様な種が味わえるからだ。僕はどこに行っても地魚しか食べない。その地でしかできないものを徹底的に食べ尽くしたいと思っているからである。

先に記した魯山人が逗留し、九谷焼を会得した山代《やましろ》温泉には、大先輩の須田菁華《せいか》さんの窯がある。菁華さんにこの地の鴨をよばれたことがあった。雨戸の隙間から、雪がはいってくる、凍てつく冬の晩、特別に使用を許可された魯山人の旧宅の囲炉裏《いろり》を囲み、鴨を網焼きにした。山代はかつて大聖寺藩に属したところだが、江戸幕藩体制とは、三百もの個性ある自治が存在し、独自の文化がおこったのだ。今でも宮内庁の御猟場があり、大陸から飛来する渡り鳥を食しているが、一方スーパーでは一年中同じものが並び、食べ物の季節感が乏しくなっているのは、中央集権、大量生産大量消費主義の都会経済偏重が一因なのだ。ちゃんとした食生活をおくることは、郷土を大事にすることだと思う。とれた地で季節のものを食す。この当たり前の事をこれからも実践していきたい。それがまた旅の醍醐味であるし、わが国の食の多様性にも感謝せねばならない。

蟹の甘さに酔いしれて。福井県の三国は、祖母・正子にも忘れがたい地だった。

11

ドナウを東へ②

パーリンカとマンガリッツァ

「ドナウの真珠」と形容されるほど美しい街、ハンガリーの首都ブダペスト。
街のシンボルくさり橋とその光に照らされたドナウ河の美しさはまさに芸術的。

『かくれ里』『十一面観音巡礼』など、日本を旅し数々のエッセイを書いた祖母の正子だが、日本以外のこととなると、例えば、思春期に留学した米国の思い出でさえ、書き残していない。海外について僅かに記したのが、スペイン、マドリッド旧市街の印象（「6 オイリーボーイは欧州を駆け巡る」参照）と、今回のハンガリー旅行のことだった。

点々と建っている農家では必ず鵞鳥《がちょう》を小さな檻《おり》に入れて飼っており、運動ができないために檻がいっぱいになるほど太っていた。しまいには太りすぎて、肝臓病になるが、これがフォアグラになるとは初耳であった。人間とは何と残酷なことをするものだろう。とはいうものの、ハンガリーにとっては、大きな資源になっているそうで、今さら止《や》めることもできないし、止めて貰《もら》っても困るのである。何のことはない、あのおいしいフォアグラは、元はといえば病気が作ったものなので、人間も食べすぎると肝臓が悪くなるのは当然の報いだろう。

ハンガリーでは、鵞鳥の肝臓だけフランスへ輸出しているが、その外側を黄色い脂《あぶら》がとりまいており、これがまたバターより軽くて実においしい。ほかの食べものは概してまずいので、ハンガリーに滞在中私は大方それに頼っていた。

（白洲正子『白洲正子自伝』新潮社）

そして、最後に「もう一度ヨーロッパのどこへ行きたいかと問われたら、私は迷うことなくハンガリーと答えるであろう」と結んでいる。

ヴィエナ（ウィーン）のホテルを出て、ドナウ運河沿いに高速道路を南東へ進む。雲ひとつない秋晴れだが、気温が下がり、河面には、薄らと朝靄《あさもや》がかかっていた。ブダペストまで一気に行くと三時間程。二国の首都は近いが、かつてハプスブルクの一大帝国を築いていたとは思えない程、両国の人種や風土の差異を知る旅になる。ウィーン国際空港を過ぎた辺りから、風力発電のプロペラが見えてくる。数も多く壮観で、オーストリアが脱原発国であることを改めて感じる。空は青く、そして広い。相棒の調子も万全、アップダウンのない真っ平らなアスファルトの上を飛ばす。ハンガリーとの国境に近付くと、世界遺産の標識があったので、高速を降りると、世界遺産フェルトゥー湖の水辺に出た。

この欧州最大の塩水湖には、水鳥が羽を休め、ローマ時代から近年まで使用していたという採石場の切り立った石壁がそこここにある。狭い道を上がっていくと、突然道が悪くなり引き返そうかと思ったその時、迷彩服を着て銃を持った国境警備隊に出くわした。パスポートを提示し、お互い片言の英語で言葉を交わす。二人の若い兵士は、親切に国境までの道順を説明してくれたが、ハンガリーに入ると、車のナビが機能しなくなってしまう。ここは、冷戦期にヨーロッパを東西に分断していた「鉄のカーテン」が存在した場所。今でこそEUが拡大され「門」は開かれたが、昼間から、銃を携えた警備兵の姿に、長きに亘《わた》り異文化の接点として、諸民族の侵略や征服という緊迫した歴史は健在だと実感する。

中世の面影を残すショプロンで一服し、国内第三の工業都市ジュールへ向かう。さらに南へ下ること、約三十分。丘の上に十世紀末創建のパンノンハルマ修道院がその雄姿を現した。礼拝堂や古文書館など見るべき遺産は多々あるが、目的は、最近復活したというワイナリーである。修道院の石壁に沿って坂を下っていくと、収穫されたばかりの白の葡萄（ウェルシュ・リースリング種）が運び込まれていた。修道院は中世より自給自足を目指し、小麦や葡萄を栽培し、ワインの生産を欧州各地に広げ、ワイン文化の発展に大きな役割を果たしてきた。第二次世界大戦後、共産主義政権によってワイナリーを含む資産が接収されたため、数十年に亘り生産は中止されていたが、十年ほど前にリニューアルオープンした。

ユニークなのは、傾斜のある地形を利用し、葡萄や果汁を移動させる「重力システム」を導入していることだ。ワイン名産地であるハンガリー東部、エゲルの故ガール・ティボル氏が考案し同郷のオーナー、リプタイ・ジョルト氏がその遺思を継いだのだ。こうすることで、手摘みしている葡萄に負担をかけず、風味を最高の状態に保つことが出来るという。九種類の白と三種類の赤を生産し、五十二ヘクタールもの土地に三十五万本を目標に新しい苗を植えている。地下のカーブで試飲をする。特にトラミニという白はアルザスほどの甘味はなく、僕好みの辛口で、香りは芳醇、色も黄金でバラやアプリコットを感じさせ、この旅の伴となったのは言うまでもない。修道士たちが飲み過ぎないようにと生まれた言葉、「Hemina」（ヘミナ）の名が付いた白は、シャルドネに似た芳醇な香りの辛口、いつも僕は「適量」とはいかなかったが……。何よりパンノンハルマは、環境が素晴らしく、二百八十二メートルの丘の頂上から、見渡す限り葡萄畑が広がり、夕陽に映えた修道院は、ワインを呑み薄らと頬を赤くした貴婦人のようで、夕陽が沈んだ地平線は、どこまでも朱色に染まっていった。

ドナウの真珠　ブダペスト

道草ばかり、すっかり陽も落ち、真っ暗で平らな大地を進む。車の運転には、国柄が表れるようで、オーストリアとは正反対に過激に飛ばし、街灯もない見通しの悪いカーブでも追い越して行く。途中道路工事があったりと、予定より大幅に遅れて到着したブダペストは、反政府運動のデモが行われていた。予約したホテルの前では、蝋燭《ろうそく》に火を灯した多くの人々が行進していたため、警官隊は僕らを制止し、「車はここに置いていけ」と指示した（ように思う）。緊迫したデモは、予約したレストランがある国会議事堂周辺にも広がっていた。日本のように、昼間に秩序だててするのではなく、夜になると三々五々集まり抗議活動をするのである。一九五六年、ソ連の支配に対して民衆が蜂起したハンガリー動乱は、死者数千人の衝突と言うが、ハンガリー人の正義感は健在、いつの時代も国を動かすのは市民の力だと思った。

十九世紀になると、オーストリア＝ハンガリー二重帝国が成立し、政治的にも経済的にも対等関係になり、ブダとペストの二つの地区は一つになって発展を遂げる。十九世紀半ば、ブダとペストをはじめて結んだのが、この街のシンボルくさり橋である。夕暮れのドナウ河の畔《ほとり》で佇んで眺めた、ブダとペストを挟んで繰り広げられる、自然の太陽と人工的な光の芸術は、特出するものがあった。ライトアップされたくさり橋はまさしく、「ドナウの真珠」にふさわしい。陽が暮れると、四百メートル弱の橋に灯る何千もの灯が、ドナウの河面を照らす。ブダ側に堂々とそびえる旧王宮（現・国立美術博物館など）や、ライトアップされたマーチャーシュ教会の尖塔が、闇夜に浮かんでいた。今宵は冒頭の祖母の文章に触発され、心はフォアグラであった。かつて世界の六割を占めたハンガリー名産、フォアグラは、フランスへ輸出もされている。僕は、薦められるままフォアグラのソテーと、有名なトカイワインを早速試してみた。どちらも濃厚な味、僕にはちょっと重く感じたので、ワインを甘口のトカイから、濃厚で辛口のヴィラーニ産の赤ワインに変えてもらった。フォアグラには甘口ワインという定説があるそうで、肉には赤、魚には白、と同じ紋切り型のブランド偏重だ。味は個々の舌、昨今の偽表示問題は、「感じられない舌」に問題の本質がある。ブラックタイガーであれ、バナメイエビであれ、美味ければ良いのである。

翌日は寝坊した。靴屋との約束が遅かったこともあるが、寝酒のトカイ（「12 ドナウを東へ③」参照）が効いたようだ。へミナ、とはなかなかいかない。ドイツ、オーストリア、そしてハンガリーとロングドライブの疲れもあった。異国に行くと決まって最初の四、五日が辛い。これを乗り切ると、身体の違う細胞が動き出し、環境に適応していくのが感じられる。目当ての店は、ブダペスト随一の繁華街ヴァーツィ通りから少し入った一角に、ひっそりとあった。マイスターのラズロ・ヴォッシュ氏は、目の行き届く規模を保って、完全ハンドメイドにこだわっている。店の近くにある工房では、二十人強の職人が働いていた。革の断裁、縫製、底つけなど完全分業制である。堅牢で武骨なデザイン、顧客の八割は海外からで、このためにわざわざブダペストを訪れる人もいるのだと、英語が堪能な娘のエバさんが説明してくれた。僕は一つの靴に眼が留まった。馬革の靴だという。

ハンガリー人は、九世紀にウラル周辺から移住した遊牧騎馬民族で、自らを「マジャール」と呼び、マジャール語を使う。欧州で唯一ハンガリーは、姓名の並びが我々と同じ、今でも蒙古斑がある赤ちゃんが生まれるという。塩は、ショー。水は、ヴィズ。良いは、ヨウと、日本語と発音が似ているものもある。ショータランは、塩が足りないという意味で、言語的にも、民族的にも「欧州の孤島」と言われ、「洋装したアジア人」と言えるのだ。かたや馬に乗り、西に、そして東に向かった我々の祖先。ハンガリーは温泉大国というのも、我が国との類似点である。千三百もの温泉が見つかり、首都に約八十もある。僕はそんな歴史に、親しみを

左：フォアグラのソテーとトカイワイン。
右：イベリコ豚に匹敵する逸品、ハンガリー原産のマンガリッツァ豚。

持った。車のルーツは馬車であり、僕は騎馬民族の末裔《まつえい》と自負している。そのような思いを感じさせるハンガリーならではの逸品、履き心地も至極いい。僕は、即決した。

余談だが、僕は、海外の長旅には、破れかけたボロを着て、また、靴も、履きくたびれて、廃棄寸前のものを履いて出る。旅をする中で新品に取り替えていき、旅の終わりにその無事に感謝しつつ捨てる。欧州を旅する楽しみの一つは、ウインドーショッピングである。セクシーと言ったら良いのか、色気と言ったほうがいいのか、足を止めて見入ることがしばしばだ。衣類のデザインのみならず、マフラーの巻き方や、裾のあげ方、ライティングなど、商品ディスプレイにも見所が多々ある。旅の楽しみは、街の骨董屋と市場だと記したことがあるが、市場に並んだ多種の肉類とともに、遊牧民族の遺伝子は良質の革製品にも感じられる。皮を剥ぎ、肉を食してきた先祖の歴史が、革製品に繋がっているのだと思う。

ブダペストの中央市場は、ゲッレールト温泉から自由橋を渡った街の中心にある。市場を見ると、その国の食事情を手っ取り早く知ることが出来る。一八九七年創業の、高い吹き抜けの大天井を有し、明るく品揃えも豊富である。創業当時、商品を満載した荷舟が地下の運河を通って、直接市場の下に着いたという。見栄えの良さが圧巻の陳列で、豚の頭が丸ごと置かれ、眼の前で一羽の鶏が、様々な部位や、内臓にさばかれ、ショーケースに整然と、艶のある肌をさらしている。パリの市場も同じようであったが、やはり欧州は肉食の文化なんだと改めて思う。一方で、地階には申し訳程度のスペースの水槽があり、そこに淡水魚が詰め込まれている様は、清潔新鮮と対極の地獄画であった。僕は色鮮やかな野菜や果物、サラミなど、今晩のトラミニのつまみを探し歩く。すると市場の一番奥に、季節の茸《きのこ》ばかり売りに来ている老紳士を見付け、採れたてだという生のポルチーニと、見たことのない雑茸《ぞうたけ》を多量に買ったのである。

聖地バダチョニ

午後、ブダペストから南西へ、中欧最大のバラトン湖へ車を走らせる。相変わらず、カーブの手前だろうがお構いなし、という車に、騎馬民族の子孫たちが、馬に乗り競っている様を思った。ハンガリー最古の町、セーケシュフェヘールヴァールの手前で国道を逸れ、パーリンカの蒸留所に道草。パーリンカとは果物の蒸留酒のことで、イタリアでいうグラッパに当たる。こぢんまりした綺麗な工場では、手作りとハンガリー産の完熟果物にこだわり、十五種類ものパーリンカを生産していた。まだ日も高かったので、匂いだけ嗅がせてもらった。アプリコットや洋梨などの中で、特に果物の香りが明確だったブラックカラント種を寝酒に頂戴した。

東京二十三区がすっぽり入るバラトン湖は、水平線が遠くかすむ程大きく、「ハンガリーの海」と呼ばれている。夏には避暑を楽しむ観光客で賑わうという湖北岸を西へ進むと、円錐形の山々が点在し、しばらくすると中でもひと際高く、頂上に広い台地がある神山、バダチョニ山の堂々とした山容が視界に入る。山手に登って行くと、斜面一面葡萄畑になり、道も細く、荒れて、行き止まりに。目指すセント・オルバーン・ワイナリーのゲストハウスでは、主であるセレムレイさんが鍵を開けて待っていて下さった。彼は髭をたくわえ、貴族の末裔という貫禄である。一九九二年創業なのは、共産主義時代にはオーストリアへ亡命し、九〇年の民主化を機に帰国し、復興に努めているからだ。セレムレイさんによれば、ハンガリーワインの歴史は三千年とも四千年とも言う。そしてキリスト教以前のアジア系民族であった「マジャール」を誇りに、宗教的にも偶像崇拝でなく、自然信仰だったと力説された。彼らは山を崇拝し、時には登拝し、祈りを捧げていると言うのである。

僕はバラトン湖に沈む美しい夕陽をバックに、グラスを傾け、「ワインは人間の魂だ」と熱く語るセレムレイさんの話を聞いてはっとした。彼の友人であるマジャール人も皆、その光景に涙している。自然への畏敬という遠い祖先の記憶と、土地の持つ力から湧き出たものがここのワインだ。湖面に反射する太陽の恩恵と、水はけのいい火山性土壌から、土着のケークニェリュ種という、独特の香り、個性が生まれるのである。

僕は台所を拝借、市場で購入した茸を、オリーブとガーリックでソテーしたりして腕を振るった。彼らはお返しにと、数が少ないシルケマルハという、角が長い灰色牛を炭焼きにしてくれる。日本の霜降りではないが、肉そのものの味が感じられ、非常に美味である。毛の長いマンガリッツァという品種の豚は、スペインのイベリコにも匹敵する逸品だ。特に真っ白の脂部分は、マスタードに少しの醤油が合う。馬のタテガミと少し似た食感である。ハンガリーの酒や食は新味で、昼間仕入れたパーリンカのブラックカラントと、名前は忘れてしまったが、変わった楽器から発するロマの音色とよく合った。僕たちは古層の精神性が繋がっているアジア系民族同士、飲み語り歌ったのである。

果物の蒸留酒、パーリンカ。香りが明確だったブラックカラント（カシス）種を頂戴した。（写真提供・讃久商会）

12 ドナウを東へ③

ワインの王ハンガリー貴腐ワイン

前夜、バダチョニで聞いた濃厚なロマ音楽に触発され、おろしたての靴と、ジャケットに着替え、ブダペストのオペラハウスへ出掛ける。一八八四年築のネオ・ルネッサンス様式のそれは、ライトアップされ、一際異彩を放っていた。「ドナウの真珠」のくさり橋然り、マーチャーシュ教会や、旧王宮など、夕暮れからブダペストの街は別の顔を見せる。ペシュト地区に建つ国会議事堂の姿が眼に入る。オーストリア＝ハンガリー二重帝国時代に、「ヴィエナ（ウィーン）のそれより大きな建物を」とのスローガンで建設され、常に隣国オーストリアを意識し、オペラを庶民的にしたオペレッタも、地元ロマ音楽を取り入れ、一味違ったものにする。祖母正子は、この地の音楽についても次のように記している。

私がもっとも感動したのはリストの『ハンガリアン・ラプソディ』で、ふだんは大して面白くもない二流の曲だと思いこんでいたものが、彼らの手にかかるととたんに生き生きとして、輝やきを増す。そこには『放浪の民』の寂しさとたのしさと悲しみが、ある時は烈しく、ある時は物憂げに、切々とせまって来るのであった。

（白洲正子『白洲正子自伝』新潮社）

東西文化の接点であるハンガリーには、古代ローマ帝国時代から続く豊かなワイン文化があり、日本

トカイ（ハンガリー）の貴腐ワインの製法を初めて系統だてたというセプシ・ワイナリー。
ちょうど貴腐葡萄（左）が手摘みの真っ最中という葡萄畑を、現当主のセプシ氏（右）に案内して貰う。

の四分の一という小さな国土に、二十を超える主要なワイン産地がある。日本では一般に、世界三大貴腐ワインの一つ、甘口のトカイワインが知られているが、ハンガリー原産の葡萄も多種あることを知る。前回のバダチョニの灰色牛やマンガリッツァ豚にしても、ほとんどが国内で消費されることもあり、その質の高さに反して、一般に知名度は低い。僕は同じ騎馬民族の末裔として、共産主義時代に一時停滞したというワイン事情を探るべくトカイへ向かうことにする。

十八世紀初頭、「王のワインにして、ワインの王」とフランスのルイ十四世に言わしめたトカイワインは、ハンガリーワインの中で、圧倒的知名度を誇る極上のデザートワインだ。特に貴腐葡萄を一粒ずつ摘み取ったものを容器に入れ、自重により滲み出た「トカイ・エッセンシア」は、蜂蜜より粘り気がある。糖度を高めるためには、水分を抜く必要があり、秋の収穫時期はかなり遅い。トカイは、ブダペストを挟んでバダチョニと正反対の、北東約三百キロメートルに位置する小さな村であった。

火山が隆起して出来たという無数の丘に、整備が行き届いた葡萄畑が点在している。僕は一六三〇年、トカイの貴腐ワインの製法を初めて系統だてたという最古参のセプシ・ワイナリーを訪問した。現十六代当主、セプシ・イーシュトヴァーン氏に、品種別に区分けされた六十四ヘクタールある葡萄畑を案内して貰う。幸運にも、貴腐葡萄（アスー）が手摘みの真っ最中、葡萄はその葉を黄や赤色に染め、品種による葉の形状の違いや、光の具合で、その美しさを演出しているようだ。三十人ほどが、一人、一日八キロ手摘みしている。朝冷えする晩秋になると、放射冷却がおこり、葡萄畑一面霧に覆われる。すると、この霧により貴腐菌が葡萄に付着し、表皮に小さな穴を開ける。その穴から水分が蒸発した葡萄は、木になったまま干し葡萄のようになるのだ（前頁写真）。完熟した自然の干し葡萄は甘く、このままでいいツマミになりそうである。

セプシさんは、十六箇所に分かれている畑を毎日歩き、大地と会話している。「自分が一番興味あるのはトカイの土壌」と言いながら土を触り、時には舐め、枯れた葉を摘む仕草に、彼の真摯な性格が伝わってきた。今まで幾度となく、「質より量」を求めた資本家とうまくいかず、僕が訪ねた時も、組織を改め、再出発をしたばかりだった。いくつかの種類のワインを呑ませて貰ったが、満足するものが出来なければ、出荷をしないと彼は言う。トカイは甘口のワインばかりだと僕は思っていたが、「そんなわけないだろう」と十六代目は苦笑い、普段はさっぱりとした辛口の白を好み、生産比率も五分五分である。百聞は一見にしかず、である。僕はいくつかの白を試し、王様という意味の「キラーイ」というブランドに魅かれた。葡萄はバダチョニと同じ火山性土壌に、三十メートルも大地深く根を張り、ミネラル分を貪欲に吸収する。大地のエネルギーに恵まれたワインが美味いのは当たり前なのだが、前回のバダチョニといい、彼らには共通したスピリット、「大地への感謝」があると僕は強く感じる。大事なのはワイン造りにかける愛情であり、人の生き方のような気がした。

香味絶佳な貴腐ワインの世界に浸る間もなく、翌日はルーマニアへ向かう道中、トカイから南下すること六十キロメートルの世界遺産・ホルトバージ国立公園に道草した。プスタと呼ばれるハンガリー東部に広がる欧州最大の大平原は、大海のように三百六十度地平線が広がっている。多種多様の生き物が生息し、湿地帯が多く、野鳥の宝庫でもある。ホルトバージ川に架かる全長約百六十七メートルの「九つのアーチの石橋」は、ハンガリーで最も長く、最古の石橋だという。白い橋の上で、馬鹿でかい蝸牛《かたつむり》がじっと、短い秋の日差しを楽しんでいるようであった。ハンガリーは六月と、僕が訪れた十月は雨が多いということだったが、連日爽やかな秋晴れが続く。

樹木や畑もない一面の緑は、家畜の放牧地で、牧畜家が馬に乗って牛を追い、羊の群れを誘導する姿は、遊牧騎馬民族の末裔としての貫禄充分である。ハンガリーの有名な煮込み料理「グヤーシュ」は、ハンガリー語で、「牛飼い」を意味する。かつて遊牧民は、草原に自身の鉄兜を逆さまに、即席の鍋に見立てたそれを火にかけ、煮込み料理を作ったというのである。民族のルーツに由来する「グヤーシュ」は、甘いものから辛いものまで、二十数種類あるというパプリカを使い分け、好みに応じた変化をつける。その香りを利かせた様々なスープや、肉の煮込み料理は、日本の味噌汁のような家庭の味で、食卓に欠かせないものである。パプリカの辛味調味料、エルーシュ・ピシュタは、ハンガリーのどこの店、レストランにも置いてあり、この旅以来僕は愛用している。どなたか輸入したら良いと思う。余談だが、騎馬民族の足であるこの地の馬は、古くから良馬としても知られ、昭和天皇が好んだ御料馬もハンガリー産だった。この地は遊牧騎馬民族マジャール人の故郷で、ホルトバージの町にある小さな牧畜博物館では、当時の生活の一端を知ることが出来る。

ルーマニアへ

ホルトバージから東へ、ハンガリー第二の都市デブレツェンから、ルーマニアとの国境に沿って北上する。車のナンバープレートはH（ハンガ

ハンガリーの食卓には欠かせない、煮込み料理「グヤーシュ」。

リー）に混ざって、ＲＯ（ルーマニア）やＵＡ（ウクライナ）の印が増え、目指すルーマニア国境の街、サツ・マーレの案内表示が眼に留まる。いよいよ初めての東欧圏であり、ＥＵ外に足を踏み入れる瞬間がやってきた（二〇〇七年、ＥＵに加盟）。国境近くになると、入国審査待ちの長いトラックの列を横目に、乗用車のラインに並ぶ。審査の順番が回ってきた。少し胸が高鳴る。係官に入国の目的を聞かれたので、事前にルーマニア政府観光局が作成した、ルーマニア語の書類を見せると、すんなりと陽気に通してくれた。ナビが機能しない上、こちらで手に入れたルーマニア語の地図には、進入禁止のマークが記載され、内心冷や冷やだったのだが、呆気なさに気が抜ける。

国境を越えると風景は一変した。舗装は悪くなり、古びて崩れかかった建物が多くなる。現地ガイド氏と待ち合わせ場所としたバイア・マーレは、ここマラムレッシュ地方の中心都市と聞いていたけれど、人影もまばらで旧型の車や、自転車が行き交い、特徴のない殺風景な町並みであった。不安に駆られながら川沿いのホテルで夕食を摂った。ホテルの中は対照的に近代化され、イタリー料理まであり、頭の中は時代感覚のギャップに整理がつかない。季節の栗を食し、明日に備えることにした。

ルーマニアは、「ローマの里」という意味で、二世紀には、ローマ帝国の一部となり、ラテン語に近い言語を使う、東欧で唯一のラテン系国家である。あまり知られていないが、世界第十二位の生産量を誇るワイン大国で、ローマ神話におけるワインの神様バッカス（ディオニュソス）は、ドナウ河の北、ルーマニア北部のモルドヴァ地方出身だとの言い伝えもある。歴史も古く、五、六千年前のワイン容器が出土し、フランスの主要なワイン産地とも同緯度であり、気候的にも恵まれている。八つのエリアに、三十七の産地と、百二十三もの登録醸造所があるという。

「旅する舌ごころ」は、トランシルヴァニア地方にある著名なジドベイ村のワイナリーに気が逸《はや》るが、欧州最後の秘境と言われるここ北ルーマニアには、中世がそのまま息づいている二つの世界遺産があるという。「宇宙」という意味である「マラムレッシュ」地方には、中世以来の教会群があり、僕は時間の許す限り道草したが、これは骨の折れる旅となった。カルパティア山脈、トランシルヴァニア・アルプス山脈に阻まれた秘境というに相応しく、道路案内はなく、主要街道は全く不明、急峻な山々や長閑《のどか》な牧草地帯をかきわけ走る。何層もの緑は益々輝きを放ち、乾草を積んだ荷馬車や牛車が、時には沢山の人を乗せ、すべてが景色の中に溶け込んでいる。先を急く僕ら《せ》のスピードは、彼らのペースから外れていて、映画『戦国自衛隊』の一シーンと重なってくる。ガイド氏は、悪びれることなく半農半牧の村人に写真を示し、その指さす遥か彼方の丘の頂上に、尖った塔が見えてきた。あれだ。

このスルデシュティ教会の塔は、高さ何と七十二メートル！　我が国最古の五重塔、かの法隆寺の二倍以上あり、同じく釘を使わない木造建築ではあるが、屋根瓦や壁など全てこの地に自生する樅《もみ》の木で造られている。欧州の見慣れた石造りの、力強い立派な教会と対極にあり、日本と同じ木の文化である建造物に、親しみと温もりを感じる。近づくと木の教会の周りは、木造の塀で囲まれ、入り口には神父一家が住んでいる住居がある。中は薄暗かった。小窓から射し込むわずかな光と、祭壇の蝋燭《ろうそく》の弱々しい明かりに目が慣れてくると、彩色が施され、祭壇奥の壁に掛けられた三体のイコンが見えてくる。イコンとは、様々な聖なる画像で、仏教で喩えるなら仏像、すなわち信仰の対象である。ロシアのイコンのように着飾ってはいないが、小さいながら素朴で、何より掃除が行き届いた室内は、お香に似た香りが充満し、礼拝者を優しく包んでくれる。僕は、ここには信仰が生きている、と思った。毎朝七時、一時間ミサがあり、一七二一年建立当時からのイコンを大切に守り、伝えている。原っぱでは子どもたちが駆けずり回り、祭日には村人が集まり、祈りの場になるという。

ルーマニアの世界遺産、マラムレッシュの木造教会群のうちの一つスルデシュティ。

我が国では歴史的建造物の多くは保存が優先され、祈りの場以上に文化財として、様々な規制がかけられている。文化財保護のため致し方ない面はあるかもしれないが、ここには、村の数だけ教会があり、近所付き合いの精神的拠り所となっている。かつては我が国でも、入らずの森に囲まれた鎮守があり、それを中心に村が形づくられ、一年の平安と豊作を祈る祭りが行われた。日本は、そうした村々の、地主神に守られた連合国家だと言っても、言い過ぎではない。遠くの丘の頂上にも、別の尖塔が見える。どこか懐かしい心地がするのは、我々祖先の記憶と通じるものがあるからなのであろう。僕は時間の許す限り、木造教会群を見て回る。

世界遺産に登録された八つの教会のうち、最も古いイエウドゥ村の教会は、一三六四年創建で、丘の上の教会周囲に墓地があり、円墳のような形のものもある。「地の果て」と言われるマラムレッシュの家々では、例外なく羊を飼い、樅の木の家に住む。造りはどこも似ていて、家畜用の大きな門と、人間用の小さなそれには力強いノミ跡があり、どことなく日本の古民家にある「民芸」の美をも感じさせる。首都ブカレストから車で六時間、消費社会とは反対の中世世界は、ある意味生活は不便であると思う。古《いにしえ》から先の大戦まで、歴史の大波を受け、ハンガリー語やドイツ語の道路標識にその名残を見る。ウクライナと国境を接し、悲惨な事故をおこしたチェルノブイリは、六百キロメートル先だ。

が、ここで暮らす人々は、かつてこの地の九割を覆っていた樅を、森の王者として信仰し、一緒に住む羊は、衣食を司る神からの贈り物と今も思っている。日本の土着的な信仰に似た宗教観を持ち、ルーマニア正教の教えのもと、信仰と一体の生活を送る。教会内部は、字の読めない人や、子どもにも分かるように、犯罪者の未来を描いた地獄図が描かれていた。ここにはいじめ問題はなく、子どもたちの飾り気のない笑顔や、大人たちのゆったりとした態度に、豊かさとは一体なんであろうかと、改めて考えさせられる。村に一軒だけの小さな食堂で昼食を食べた。食は素朴だが、ルーマニアのバターはどこも新鮮で、一日十五キロもの乾草を食べる健康的な牛からの贈り物、きっとストレス知らずなのだ。

ワインの聖地へ

マラムレッシュの南、トランシルヴァニア地方は、ラテン語で、「森を越えた所」、カルパティア山脈に囲まれた高原地帯で、四方をタルナバ・マーレやタルナバ・ミカといった大きな川へ流れる支流に挟まれている。遅い春と早い秋に訪れる白霜の恩恵と、周囲の山々によって冷たい風が遮られているため、標高四百～五百メートルの傾斜地にもかかわらず、一年を通じ気温はおよそ十℃である。古くよりワイン造りが盛んな地域で「ワインの聖地」に相応しく、東西の日当たりの良い恵まれた環境である。

僕が訪ねたジドベイ社（S. C. Jidvei SRL）は、一九四九年、国営企業として設立され、その後民営化されて以来、毎年五十ヘクタールの葡萄畑を拡大し、現在では一千ヘクタールの規模を誇っている。白ワインを中心とした糖度控えめのワインを生産し、ルーマニアの原産品種だけではなく、ピノ・グリ、シャルドネ、トラミネール、マスカット・オットーネルなど外来品種の栽培も行っていた。赤は一種類だけであった。僕らは葡萄畑の真ん中にある気持ちのいい事務所から、地下のカーヴに案内される。樽は三段重ねになっており、大きさにより熟成期間が違い、別棟にはシャンパン製法のスパークリングワインもあった。ルーマニアワインについては次回（「13ドナウを東へ④」）詳しく述べることにするが、名門ジドベイもまた、「量から質」へと、その体制を変えつつあるようだった。

13 ドナウを東へ④

ルーマニアワインと東西十字路

ルーマニアは、旧石器時代から人類が活動し、紀元前一千年頃、ダキア人と呼ばれる祖先が定住するようになる。その後六世紀までにラテン系ローマ人やスラブ人との混血を経て、今日のルーマニア人が成立したとされている。本州とほぼ同じ面積に、約千九百万人が暮らし、うち九割はルーマニア人で占められ、ルーマニア正教を信仰し、公用語は東欧圏で唯一のラテン系言語のルーマニア語である。民族が交錯し、オスマントルコ、ハンガリーなど近隣諸国から、様々な形で干渉を受けたが、民族と宗教、言語を維持してきた。中世ルーマニアは、トランシルヴァニア、モルドヴァ、ワラキアと三公国に分かれていたが、国の中央部にトランシルヴァニア・アルプスが、東寄り南北にカルパティア山脈がそのまま境界となっていた。前回、マラムレッシュ地方の教会群を訪ねたが、今回はもう一つの見所、ブコヴィナ地方に点在する世界遺産のことから紹介しようと思う。

カルパティア山脈の山間の道を進む。前回に記したように、ルーマニアの田舎道は容易ではない。道路はあちこち工事中で、改修が済んで広くなったところ、昔ながらの狭い未舗装の箇所など、状況は目まぐるしく変化する。何よりの障害は、快適な道に突如として、大穴が開いていたり、カーブの先に悠々と歩く山羊や羊の集団が現れたりすることだ。特に夜は、巨大な生きものが、暗闇から急に現れるので、道路状況と相まって必要以上に神経を使わねばならない。

旅の予定は大幅に遅れ、地方で一番ホテルの数が多いというグラ・フモルルイの宿に着いた時は、日

東へと行けば行く程、ルーマニア、次のトルコに至り、道路は車と歩行者だけの占有でないことを痛感する。天候にも左右され、夜間は照明もなく困難である。

はとっぷりと暮れ、辺りは闇につつまれていた。この地には、有名なドラキュラ伝説が残っているが、満天の星空に浮かんだ満月を見ていると、妖しい気分になってくる。僕はネオン一つない静かな片田舎が明日、どんな表情を見せてくれるか楽しみであった。翌朝は寒かった。ロビーは薪の暖炉で暖かかった。朝ご飯はいつものように、新鮮な野菜と素朴なパンにバターをつける。形は不揃いだが、本来の味というのか、本当に美味い。十月は冬に備える時期でもあるが、西瓜《すいか》が路上のあちこちで売られていた。ガイド氏によると、野菜や果物はキロ単位の販売だという。食べきれないほど出来てしまうのだろうか。ルーマニアの野菜や果物は、流通が整えば輸出産業として成り立つようにも思えた。

宿を出て五つの修道院を目指す。牧歌的な幾重にも重なる木々は色づきはじめ、短い秋本番だ。彩り豊かな丘陵地帯を、時折現れる標識に従って進むと、塀に囲まれたモルドヴィツァ修道院が見えてきた。門をくぐると、極彩色に塗り固められた僧院が、朝日を浴び、不思議な輝きをはなっている。全ての壁という壁には、聖人の肖像画や、聖書の一場面などが描かれている。戦闘の場面は、コンスタンチノープル攻防の図だという。内部の聖母像に至るまで色彩の洪水で、祈りの場である以上に、戦いの記憶装置と感じる。一五三二年、シュテファン大公の子ペトゥル・ラレシュ公再建の装飾芸術に、しばし見とれていると、修道女の透き通ったミサの声が聞えてきた。マラムレッシュの木の教会と較べ、建物は煌《きら》びやかで対照的だが、どちらも信仰の対象であり場である。他にもスチェヴィツァ、アルボーレ、フモール、ヴォロネツ修道院と駆け足で廻ったが、差異はあれ、どこも素晴らしい色彩画で飾られていた。この様な特異な修道院には、ルーマニアの地政学的な宿命があるように思う。

東西南北の十字路にあり、中世に隆盛を極めたオスマントルコがバルカン諸国を支配し、ビザンチン帝国の首都コンスタンチノープル陥落後には、ルーマニアはオスマン軍の欧州前進を阻止するという重大な使命を担った。モルドヴァ公国のシュテファン大公は、指導力を発揮し、オスマン軍の侵攻を阻み、その子ペトゥル・ラレシュ公も自衛に励んだ。一方で美術に対する造詣も深く、教会を豪華に、色彩豊かなマントを纏《まと》わせるような様式を完成させた。当初は非識字者の為の歴史書の役割を担ったのかもしれないが、それ以上にオスマントルコという強大な外敵から自国を守る為、国民の思想統一への大きな柱であったのだろう。生死を賭けた芸術が美しくないはずがない。「信じること」。それが何物にも通じることだと改めて思った。

ワイン王国を巡る

ここモルドヴァ地方には、旅のもう一つの目的であるワインの一大産地、コトナリがある。モルドヴァ公国の首都でもあったスチャヴァから、公国の新しい首都となったヤーシへ抜ける途中にそれはある。先の修道院建設と同様に、シュテファン大公がワイン造りも奨励し、自らの離宮を近くに建て、ここをワインの生産地とした。欧州の王侯貴族に愛飲されたことから、「ルーマニアの誇り」と讃えられた。ハンガリーのトカイワインと似たポジションなのであろう。ちょうど収穫の時期で、畑や工場内を案内されたが、何よりワインの樽の大きさには度肝を抜かれる。共産主義時代に質より量を求めた名残で、大きなものはなんと一万リットルという。地方原産の葡萄品種にこだわり、白ワインだけを造り続け、地下十メートルには広大な貯蔵庫があった。

ヤーシ郊外のブシウムSAは、こぢんまりしたワイナリーである。一九四九年創業、製造責任者アンジェルさんは、工場の終業時間後にも拘らず、丁寧に説明してくださった。小さいながら博物館も併設し、コトナリと並んで葡萄栽培の北限で、白の他に赤ワインを三種類も造っている。お土産にと、ラベルが貼っていない年代ものの、ボトルの形が不揃いの白ワインを三本頂戴する。ルーマニアのかたは皆親切だが、正直ワインの質は転換期なのだと思う。

南下する。デアル・マーレと呼ばれるワイン産地は、カルパティア山脈の南東に広がる穏やかな傾斜面に、一万五千ヘクタールほどの葡萄畑が連なっている。ルーマニアは、白ワインだけ生産している地域もあるが、赤ワインにも力を入れている。その一角にサーブＳＲＬがあった。一九九三年創業で、設備も真新しく、ちょうど葡萄をジュースにしているところだった。良質のワインで知られるコルシカ島出身の気さくなポア社長が、熱心に説明してくださる。ここも共産主義体制を引きずり、有形無形のトラブルも種々あって、何度も経営を挫折しそうになったが、同じラテンの血が流れているルーマニア人と接するたびに、西欧とルーマニアの架け橋になろうと思ったのだと言う。ブランドの一つ「ヴィヌル・カバレルルイ」にはそんな気持が込められている。ルーマニアは共産主義体制下で国有だった企業がワイナリーを引き継ぐケースが多く、近年は質を重視し、適正規模を維持、毎年いい葡萄を仕入れるなど、様々な工夫を凝らしている。ここでは、毎年の葡萄の出来不出来で、生産量を決め、四分の一を輸出用にするそうだ。

左：旅の間、昼は必ず土地のスープを飲んだ。野菜がたっぷり入って、どれも僕の舌になじんだ。
右：ルーマニアの東部、ムルファトラー・ワイナリーにある一万リットルの大きな樽。

ドナウの終着　黒海

旅の間、僕はルーマニア人のように、昼は必ず土地のスープを飲んだ。鳥や牛の胃袋、ひき肉の団子に、魚がベースの出汁もある。野菜がたっぷり入って、どれも僕の舌になじんだ。もう一つは即席のサンドイッチ。パンを開いてマスタードにマヨネーズ、たっぷりの野菜を挟んで頬ばる。野菜一つ一つ、本当にそれらしい味がする。濃厚で野趣溢れる牛乳は、飲み物というより、食べ物のようで、満腹感がある。変化に富むルーマニアを走っていると、どんなに小さな村でも人々が家から出て、一本しかないメインストリートに、雲霞の如く集まっていることに驚く。ルーマニアの人は年中、羊や山羊など家畜を相手にしている為、一人でいることを好まず群れたがるとガイド氏は言う。日向ぼっこしたり、おしゃべりしたり、僕のような東洋人には好奇の眼を向ける。人気《ひとけ》のない村を通り過ぎることはなく、手を振ってくれる村人もいた。子どもの頃の味のことを思い出すと、そのとき目に映った景色や記憶が蘇ってくるように、瞼《まぶた》を閉じると、ルーマニアで出会った味とともに本当に小さくて可愛らしい国だったことが思い出される。

ドナウ。黒い森を意味するドイツのシュヴァルツヴァルトから、黒海まで流れる大河に沿って、幾つもの民族の盛衰があった。かつて、この全流域を支配した民族が一つだけある。古代ローマ人である。統治は四百年にも及び、立ち寄ったヴィエナ（ウィーン）やブダペストなどの古都の多くも、ローマ人が異民族に備えた砦が街へと発展したものである。そして、古代ローマ時代から延々と続いたワイン文化。東西欧州において欠かすことの出来ない自然からの贈り物、それは現代においても変わることなく続いていた。旅の終着地、黒海沿岸は、安定した気候で、年間の日照時間が長く、石灰質の平野が広がっていた。恵まれた土地にあるムルファトラー・ワイナリーは、白ワインを中心に、近年評判が高まっている赤ワインや、フェテアスカ・ネアーグラというルーマニア独自の品種を醸造している。ほとんどが国内で消費され、バーコード管理など近代化が進んでいるが、やはりここにも一万リットルの大きな樽がある。

旅も終盤、世界自然遺産に登録されたヨーロッパ最大の三角州、ドナウ・デルタのスケールに圧倒されながら、時間に追われ、ドナウ河口のスリナ到達を諦め、黒海沿岸を、トゥルチャから脇目もふらず南下し、ヒストリアの古代遺跡を抜け、エフォリエという黒海沿岸最大のリゾート地まで足を延ばした。七十キロに及ぶ海岸線は、西欧からのバカンス客で賑わうリゾート地である。「黒い海」はキラキラと青く輝いていた。僕は朝陽の向こうにある遠い祖国と、かのブルーモスクがあるイスタンブールに思いを馳せる。それから四年後、トルコへの思いを果たすことになる。

東西十字路　イスタンブールへ

トルコは、日本の約二倍、東西約千五百キロ、南北約七百キロという広大な大地を有している。僕はその西半分に絞って、いつものようにレンタカーで、イスタンブール→アンカラ→カッパドキア→メルスィン→アンタルヤ→カシュ→マルマリス→ボドルム→クシャダス→サモス島（ギリシャ）→ベルガマ→ボズジャ島、そしてダーダネルス海峡を渡り、再びイスタンブールへ。主に世界遺産のパムッカレや、クサントス、エフェス、トロイ、エーゲ海に浮かぶロドス島（ギリシャ）等、古代ギリシャ、ローマ遺跡を重点にした旅になる。イスタンブール空港で、車を借りる時、「雨が降った後、特に注意を」と忠告を

黒海沿岸で終えた前回の旅から四年後、古代ギリシャ、ローマ遺跡を重点にトルコの西半分を回った。
写真は世界一美しいモスクと評される、イスタンブールのスルタンアフメト・ジャミィ（通称ブルーモスク）。

受けたが、騎馬民族以上にトルコ人は、せっかちな走りだった。路肩から追い抜きをかけるのは当たり前、先を争うように、片側二車線道路で追い抜きをする前の車の、右側、つまり二車線の中心から強引に幅寄せ、スペースを確保し、抜いて行こうと試みる輩もいる。車はほぼ同じ性能なので、三台が並んで競争という路面の状態以前の、危険な画である。が、車を降りたトルコ人は、気さくに話しかけてきて、一言目には「チャイしない」となる。トルコというとトルココーヒーを思い浮かべる人も多いと思うが、紅茶なしでは、話も手も進まないのである。床屋ですら、「まずチャイを」と、紅茶なしでは、生活のリズムに溶け込んでいるのは紅茶で、濃く苦めのそれに沢山の角砂糖を入れたかなり甘い紅茶を、日に十杯は飲むという。

さて、フランス料理、中国料理と並ぶ世界三大料理に数えられるトルコ料理は、集権国家オスマントルコ六百年の歴史と、東西文明の交叉路である小アジア、地中海に続く欧州、そしてアラブとが様々な化学反応を起こし発展したものだ。旅する前は、トルコ料理といえば羊肉を串焼きにしたケバブくらいしか、思い当たるものはなかったが、地方ごとにケバブがあり、種類や料理法は多岐にわたっていた。肉の質は高く、鉄板や炭火焼の店も珍しくはない。オリーブ油を多用し、乳製品や豆類等と組み合わせることが多いのが、料理の特色である。簡単に言えば、何でもあり、と言えるのかもしれない。

イスタンブールを散策すれば、その何でもあり感をはっきりと認識出来る。色の洪水、その象徴モスクから発せられるアザーン（礼拝への呼びかけ）と、車のクラクション。市場に並ぶ肉や、多様な果物に野菜。何より香辛料が混ざり合った独特の香りに満ちていた。ごった返すバザールに、青く輝くボスポラス海峡を挟んだアジアと欧州。それに、金角湾《きんかくわん》によって分けられた新旧の市街地。ここにかかるガラタ橋は、別世界への入り口だ。トルコは、中東第一の工業国であり、農業国なのである。「エキゾチック」と言ってしまえば簡単だが、これほど変化に富んだ古都は少ないと思う。豊かな食に多様な街の景色、五感はフル稼働である。自然景観も然り、かなりユニークである。

アナトリア高原中央部にキノコ状の岩岩が連なる不思議なカッパドキアの景観美。奇岩の内部は、住居に、ホテルに活用しているものもあった。鉄器で有名なヒッタイト時代から交通の要衝で、キリスト教の修道士がフレスコ画を描き、地下都市のようなものを建設する。夏は天然のクーラーで快適だが、冬は厳しい。古代遺跡が沈む温泉パムッカレにある石灰棚は、真っ白い雪山のような景観が段々に広がっていた。

多様な自然の景観美と、各地の様々な料理法。地中海沿岸は、海の幸満載で、毎晩採れたての魚や貝類を味わい歩く。西側のエーゲ海側はギリシャ文化の影響が残っているだけでなく、オリーブの種類も多く、唐辛子、レモン、トリュフ入りのオリーブ油から、年代物のバージンオイルまで、その使い方で味わいも変わるのである。遊牧民の末裔たちは、食糧全てを肉や乳製品に頼っていると思いがちだが、同時に元手である家畜を日々食しているわけにはいかないのである。交易により小麦などの穀物を手に入れ、魚介類などを食してきた。昼はクレープのような薄い生地に、ケバブや野菜を巻いて。オリーブの実や、ドルマという野菜に米や肉などを詰めた料理と、土地のワインが定番である。エーゲ海に浮かぶボズシャ島は、小さな島に葡萄畑が広がっていた。旅の基本は、地の食材だが、地酒があれば言うことなしである。オスマントルコの皇帝（スルタン）は、毎夕食に並ぶ四十種類もの料理から、気に入ったものだけをチョイスした食いしん坊で、兵士も、「空腹で物見遊山するより、食べ過ぎて死ぬ方がまし」というトルコの諺《ことわざ》さながらで、軍旗の代わりに野戦料理用の銅の大鍋を先頭に行進したという。王朝料理の伝統と、「食べること」を重視した民族性は、今でも受け継がれているようであった。

14 食は文化である

旬を味わうことの大切さ

鰹のタタキ。漁師のまかないとして食されたとも言われるが、その発祥や名称の由来には諸説があり定かではない。

毎月旬の定番を食するだけで大忙しの、食に恵まれた我が日本。季節の移り変わりは早く、草木を愛で、旬を味わうには、感度いいアンテナが必要だ。この冬(二〇一四年)は、猪《いのしし》を食べ損なった。モロコも駄目そうだ。が、恒例の北陸三県の旬は堪能した。この時期氷見《ひみ》の海岸から、富山湾の海越しに遠望する冠雪した立山連山は、日本有数の美景だが、日本三霊山の一つ、修験道で栄えた山を、古来より人々が、「カミ」と仰ぎ、手を合わせてきた歴史が美の根底にある。大伴家持の、「渋渓《しぶたに》をさして吾がゆくこの浜に月夜飽きてむ馬しばし停め」と万葉の昔から詠われ、春になると、「海上に雲のごとく気たちのぼりて、楼台、城郭の形を現し……」と古書にも記された蜃気楼が、水平線に出現する。古代から変わらぬ富山の自然と、人々が愛でた歴史的な風景が現在進行形である。偉大な自然だが、人と関わることで、山川草木の自然そのものが変わってくると僕は思う。屋久島の縄文杉は、稀有《けう》な大木には違いないが、ご神体として守られ、崇められた対象とは、僕には違って感じられる。人と交流し、親近感が生まれ、魂が充満する。それが日本人と自然の関わり方なのだ。

僕は北陸旅約二十年にして初めて、立山連山の夕景を雨晴《あまはらし》海岸から、阿尾《あお》城跡にかけて移動しながら満喫する。真冬のひ弱な太陽光線に染まった山は、徐々にピンク色の濃度をあげ、百彩の色を浪費したような光と雪の演出だった。海岸線に打ち上げられる一瞬の波しぶきは、太陽光線と交錯し、キラキラと生命自体の発露を思わせる。海と空の青、そして雪と波の白、富山湾は「天然の生簀《いけす》」と呼ばれるが、魚たちも余りに美し過ぎる立山連山を目指し、集まってくるように思えてならない。日が落ち、山は静かな眠りについたようだった。

翌朝、今度は立山から昇る朝日と対面することになる。海辺の街は、墨色から薄い青に変わり、連山の後ろに隠れていた太陽がゆっくりあがってくると、山々は黒い輪郭をはっきりさせてくる。昨日の夕日と今日の日の出、これ以上ない自然の舞台に、僕は讃賞嘆息した。やがて陽光は、一番高い立山の頂点から登場し、すぐに雲隠れした。しばし放心状態でいると、第二幕が始まる。隠れていた太陽が、今度は斜めの光で、山々を照らし始めたのである。阿弥陀来迎図《らいごうず》にある阿弥陀様の光背に描かれた線のように、二度とない美と神秘の極致的表現に思えた。来迎図に描かれたのは日の光なんだ、と確信する。

自然演出の幕間に、自然からの贈り物を頂く。鰤《ぶり》は、タイミングを逸したが、氷見の鰤だから全てがいいわけでもなく、新鮮だ、というのは当り前で、それがそのまま美味にならないから不思議である。昨年ダメだった大メジがあった。鮪《まぐろ》の子どもであるメジについては「10 冬の〝すい場〟」で少し触れたが、資源保護の観点から獲ることを制限している所もあると聞く。冷凍食品や、缶詰になる遠洋のものと、近海の生で食するものと、一緒にするべきではない。「目には青葉山ほととぎす初鰹《はつがつお》」と詠われたように、「旬」というものの素材はあまり手をかけずにちょっとした処理で食するものだが、採った時の処理、モノによる寝かせ具合と食べごろ等目利きの仕事が加われば本物だ。加工食品が氾濫する以前は、風景とともに、素材そのものの風味が土地土地にあったが、季節の花ですら、栽培品種が多くなり、枝ものも栽培され、街で手に入れることが出来る。流通が整備され、店先には全国同じ品が並んでいる。

旬の魚は天然に限る。「鎌倉を生きて出でけん初鰹」と芭蕉が詠んだように、鎌倉育ちの僕は、これから初夏にかけて鰹は、鯵《あじ》とともに堪能する魚だ。江戸っ子は初物を珍重する習慣があり、味は秋の戻り鰹に譲るが、季節の香りを感じさせる。鰹は縄文時代から食され、多くの神話にも登場し、万葉集にもある。きっと母なる黒潮にのって北上する鰹は、日本人がこの地に流れ着いた軌跡と重なっているのだと思う。軽く塩をふり、皮の部分を強火で炙る。厚目に切り、薬味と生姜《しょうが》醤油で熱々を頬張ると、南洋の香りを感じるのは、流れ着いたヤシの実に、ロマンを感じた柳田國男や島崎藤村と同じ創造だ。鰹は鮮明な味というより、江戸の文化とロマンを食べる稀有な魚なのだ。昨今は、こうした本来「初鰹」が持っている高雅な風味が希薄になり、スーパーの出来合いは皆同じレベル、大量の「商品」で、加工品と一緒に刺身が食され、古伊万里とプラスチックが同じ土俵にのったりする。僕は、嘆いているのではない。稀有な素材感を、旅することで土地の、僕好みの味を再確認したいのであって、一年中食べられることで、バランスを崩していることこそ考えるべきである。

気候は明らかに変化している。季語はその役割を果たさなくなり、「旬」の時期もマチマチである。寒ブリの最盛期は変わらないが、今冬の真鱈《まだら》はこれから良くなるという。ヤリ烏賊《いか》は、例年通り「子」を持っていた。三国《みくに》(福井)では、今季からメスのセイコ蟹《がに》漁は、年を越さずに十二月一杯で終えることになった。資源保護の側面もあるが、海のなかは人智を超えたことがおこっているような気がする。昨今の食のブランド化を僕が信用しないのは、立派な食材は、ひと手間で別物になることを、経験から知っている職人の目利きよりも、過度な言葉の演出が優先していると感じるからである。

ズワイ蟹の茹で時間と、塩分濃度は微妙で、新鮮さ以上に重要なことだ。四、五回は脱皮したという重さ一キロ半はあるこの地のヌシが、湯気がたった姿で目の前に運ばれてくる。配膳から最初の一口までの時間を考慮した絶妙な状態である。とくにミソのふわっとさ加減がたまらない。珍しく静かな日本海で、特別に活かしておいたセイコ蟹と、三国で夕方に揚がったばかりの甘エビを頬張った。とくに後者は、甘エビの概念を変えるものだった。甘くなく、さらっとしているのだ。あの甘さは時間がたつと出てくる味だと知った。

昨今、特別な時を非日常と言うが、日常の延長にないと、物差しが出来ないように思う。普段、僕は粗食だ。納豆、豆腐にお浸しや酢の物、干物とご飯か蕎麦。最近は、パスタやリゾットという簡単なイタリー料理を、トマトソースやオリーブ油と、昆布出汁や醤油との取り合わせで楽しんでいる。ひき肉のかわりに牛蒡《ごぼう》を刻み、ミートソースならぬ牛蒡トマトソースのパスタ。パルメジャーノリゾットの具に蓮根《れんこん》を加え、食感の違いを楽しむ。ニンニクとオリーブ油で鰹の皮目を焼き、ルッコラやクレソンなどのクセのある野菜との相性を楽しむ。鰹は、トマトソースとも合う。こうした日常の発見は、心豊かにしてくれる。旅はその調味料のようなもので、旅で見つけた新たな食材を取り寄せ、東京でアレンジしたりする。

今回は近江町《おうみちょう》市場、料理屋専門の老舗が、鯒《こち》、鮃《ひらめ》、鯖《さば》、鰤カマ、毛ガニの詰め合わせにしていたのを持ち帰り、自分流に挑戦してみる。鯒はアクアパッツァに、鮃はトマトと紫蘇《しそ》を合わせ、ソースを作ってかけてみた。鰤カマは、多めに塩をふって、冷蔵庫で四、五日ねかせた後、日本酒を霧吹きで吹きかけながら焼く。採れたても大事だが、塩によって昆布締めのような熟成肉になる。海のない京都に食文化が発展したのは、一夜干しの甘鯛《あまだい》のように、創意工夫の賜物である。鯖は開いて塩をふり、一夜干しに。能登《のと》の牡蠣《かき》(「10冬の〝すい場〟」参照)は生と焼きを現地で堪能したが、以来毎年のお取り寄せリストに入れ、シャブシャブにしている。僕は、大きめの鍋に、少しの日本酒と出汁をはり、人数分の牡蠣を入れ、クラァ、と一瞬の隙を逃さず引き揚げ、ポン酢とともに口に入れる。レアな風味と濃厚なエキスが口中に広がり、生と焼きの中間の、良いとこどりである。残念なことに昨年の酷暑で、七尾《ななお》のそれと、舞鶴《まいづる》のトリ貝も不作である。

山葵《わさび》、日本独特の調味料

魚介を味わうのに欠かせないのが山葵だ。僕は山葵が好きである。山葵のない刺身や、握りは考えられず、寿司の〆は、わさび巻きである。世界には数多くの香辛料があるが、辛さの質は様々だ。韓国では、辛さがストレートの唐辛子が好まれる。山葵は辛さとともに鎮静作用があるので、唐辛子のように血の巡りが良くなり、急に体が熱くなることはない。両国の国民性の違いをそう喩える方もいる。

西洋の代表は、マスタードであろう。初夏に欧州を旅すると、一面黄色いマスタードのお花畑に遭遇する。歴史は古く、洞窟などから種子が発掘され、聖書にも登場する。食品でありスパイスであると同時に、湿布薬としても珍重されている。僕はフレンチマスタードより、イングリッシュを好む。今は気に入ったそれを、ロンドンの友人に買ってきて貰う。もう一つ、ローストビーフに必ずついてくる大根のように白色のホースラディッシュがある。皮の部分に辛味があり、また日に当たると緑色に変色する。英国で喉や咳の痛みに、シロップにして飲まされたことがある。三年ほど前にオーストリアを旅した時に、細かく刻んだ瓶詰と、チューブに入ったペースト状の商品を見つけ愛用している。ちなみにチューブ入りの練り山葵や粉山葵は、ホースラディッシュが原料である。

我々が普段使う山葵は、沢山葵と言い、日本原産のアブラナ科の多年生植物である。七世紀の遺跡から、「委佐俾《わさび》」と書かれた木簡が出土し、薬草として栽培された可能性もあるという。中世には調理法を記した文献もあり、江戸時代には山葵漬も作られるようになったため、自生の山葵だけでは足りなくなり、駿河《するが》の安倍川上流の有東木《うとうぎ》地区で栽培が始まる。それが徳川家康に絶賛され、ご禁制の品となる。収穫量がある伊豆や安曇野《あづみの》産が有名であるが、インド洋の南マグロと、水深が深い駿河湾の地魚に、誇りをもって給してくださる清水の馴染みの寿司屋主人が、この有東木の山葵に太鼓判を押すので訪ねてみた。

静岡から安倍川を上流へ、途中、急勾配の脇道に入り、天辺付近でさらに杉林を分け入ると、水の音が大きくなり、細長い段々畑が現れた。山葵の育成に必要なのは清い水のみで、肥料も農薬も不要だという。先人はそれに適した湧き水を求め、こんな山奥まできたのだ。有東木の山葵畑は、急峻な茶畑に囲まれ、清流にへばり付くようにあり、情景全体が小さな山葵、生命の姿だった。畑に下りて水を触ってみた。柔らかい。沢山葵は水温八度から十八度が適温で、十一ヶ月から十八ヶ月の期間、生育が必要という。許しを得て採った山葵を、早速先のお寿司屋さんに持ち込んで下して貰った。よく粘り、爽やかで香り高く、辛いが後味に甘味を感じた。山葵には食欲増進作用もあるという。カウンターに座ると、握りに止めどなく手が出るのも、理にかなっていると納得したが、山葵巻きの食べ過ぎにはご用心、鎮静作用が効きすぎて寒気がしてくることさえある。

食こそ文化である

子どもの頃、家に遊びに来た祖父の次郎が、大人の掌《てのひら》ほどある白く尖っ

畳石式と呼ばれる石積みで築かれた有東木特有の棚田は、最下層に大きな石を敷き、上にいくにしたがい小さくしていく。こうして山葵全体が水に浸かり、大きく成長する。

たものを、お土産にくれた。マッコウクジラの歯で、触るとツルツルで気持ちが良く、勉強机の上に置いて、ときに撫ぜながら、大海原を悠々と泳ぐ姿を、想像してみたりした。先の鰹のように、海には男のロマンがある。たとえ話として、「倭から日本へ」国の礎をつくった天武天皇は、大海人皇子《おおあまのみこ》であり、真言密教を伝えた弘法大師の幼名は、真魚《まお》である。こうした海に関係した名に、大事な意味が潜んでいると僕は思っている。

わが国は、海洋資源には恵まれている。「魚の王」鯨《くじら》との付き合いは長い。縄文の遺跡から骨が出てくるし、紀元前一世紀の遺跡から出土した壺には、数本の銛が突き刺さった鯨が描かれている。一般的な捕鯨が行われるようになるのはずっと後のことで、打ち上げられた鯨を、「流れ鯨」「寄り鯨」と呼び、海からの恵みとして、恵比寿信仰が芽生え、鯨油や食用としての知識が広まった。十六、七世紀、鯨組が結成され、組織的な捕獲が始まる。江戸時代になると伊勢、熊野太地《たいじ》、土佐、五島《ごとう》、壱岐《いき》対馬《つしま》、平戸《ひらど》など各浦を基地とし、鯨がやって来るのを獲り、余す所なく利用し、「鯨一頭、七浦潤う」という言葉まで生んだのである。昨今、捕鯨は後ろ向きの話ばかりだが、僕は商業捕鯨の国際的な風潮が歯痒くて仕方ない。日本独自の沿岸捕鯨が網走、宮城、太地、そして千葉で行われているというので訪ねてみた。

東京からアクアラインを抜け高速道路で行くと房総半島の突端は意外

和田浦港の鯨の解体の様子。

な程近い。古く総《ふさ》の国と言われ、一六一二年の記録では、伊勢神宮に初漁の鯨の皮を献上したとある。明治維新まで続けられ、各捕鯨地に残る鯨塚は、鯨の供養が祖先供養と同列に高められた証拠である。和田浦《わだうら》港では、一頭目の解体が終了するところだった。岸壁に行くと、沖からひっぱってきた鯨が海に浮かんでいる。頭領の庄司さんの操るウインチで、鯨はゆっくりと陸へ引き上げられる。でかい。近所の子どもが、おっかなびっくり触ったり、口をあけてポカンとしている。短い朝飯が終わり、解体が始まる。大小の斧とウインチとの呼吸の合った手際を、僕もただ呆然と眺めていた。ツチ鯨は夏になると北上するが、捕獲は難しいという。音に敏感で、探鯨機は役に立たないので、目視で発見したときに獲り損なうと、潮目と経験と勘で、三十分の潜水後に再浮上する場所を、特定するそうだ。

明治までここでは突き捕り漁法が、太地では網取りと言うように、各地それぞれの漁法で続けられた。近代に入り、技術だけでなく、遠く本国から離れ操業し、産業として鯨油を採取するようになる。ペリー艦隊が開国をせまった目的の一つは、捕鯨船の燃料補給基地としての利用であった。鯨油が石油に代わると、英米は掌をかえし、精神論と国際的な倫理観を問うようになる。国際交渉に摩擦はつきものだが、「国の際」ではなく、インターナショナルな問題として、吾が事として取り組むべきである。民族の根幹である食文化は多様であるべきで、現政権は、右傾化と言われてはいるが、こうした食文化こそ、率先して取り組んで貰いたいものだ。

15

夏の九州 寿司三昧

赤ウニ、きびなご、うなぎ……

中学の卒業旅行、僕は友だちのT君と二人、寝台特急「はやぶさ」に乗車し、九州へ旅した。僕らには舌心はなく、期待と不安が混じり合っていたように思う。寝台が仕舞われてからの、長い長い椅子席に、ようやく西鹿児島駅に到着した感慨と、丘の上の観光ホテルから、初めて見る桜島の威容に圧倒され、阿蘇の濁った温泉に驚き、最後に立ち寄った太宰府の梅など、各所の断片的な記憶しかないのだが、やはり薩摩には特別な思いがある。

父方の祖母、正子の祖父樺山資紀《すけのり》は、維新の志士として、幕末の薩英戦争から日清戦争勝利で、海軍大将や初代台湾総督を務めた。今は親類など住んでいないが、血の中のいくばくは、薩摩示現《じげん》流の血が流れているのかもしれない。本書の出版にあたり、書き下ろしの依頼があり、夏の難しい時期ではあったが、友だちとの初旅の、縁ある地にしようと考えた。初、なのだからと、僕は無謀にも「初」でとおすことにした。随分前から、某飲食店口コミサイトフォロワー数一位のKさんから、天草の「奴寿司」についての自慢話を思い出し、この際やっつけようと企んだ。旅のルートを思案していると、本年七月世界遺産に決まった「長崎と天草地方の潜伏キリシタン関連遺産」のニュースに接し、旅のアクセントが思い浮かんだ。書名にもなっている「旅する」ことの意味は、「食」は単なる食するだけにあらず、土地土地の歴史と伝統を感じることで、より理解が深まると僕は信じている。台風の隙間をかいくぐるように、僕はまず長崎へ飛んだ。

ここでも長崎出身Aさんから情報を仕入れ、最近オープンして評判のいい寿司屋を予約して貰う。言うまでもないが、晩までの時間は、先に記した関連遺産を巡ることにする。まずは、外海《そとめ》の大野《おおの》集落へレンタカーで行く。何度か記しているが、「旅する」足は、レンタカーなど車のことが多い。自らハンドルを握り、地図を追いつつ、また直覚を頼りに道草をする。旅は目的地への道中、その厚みで点が線に

「名山 きみや」は、寿司と日本料理が交互に提供されるユニークなスタイル。コハダをはじめ端正な寿司たちは、唐津の中川恭平による器に置かれる。

なり、歴史を知ることで、目に見える風景や、食生活に至るまで、別物に感じられてくることを経験から知った。

潜伏キリシタンとは、キリスト教禁教期およそ二百五十年間、表面的には仏教徒などを装いながら、キリシタンの信仰を捨てずに暮らした方々のことを指す。大野集落では、集落の神社に、キリシタンをお祀りし、次の出津《しつ》集落は、「聖ミカエルの聖画像」を密かに伝承する。ここ外海地区では、十八世紀末に、五島藩からの要請もあり、また共同体を維持するため三千ものキリシタンが、開拓者として五島列島に渡り、信仰を守ったという。教会堂から、キラキラ光る海の彼方に浮かぶ五島列島、僕は福江島の貝津《かいづ》教会で、クリスマスを過ごしたことを思い出す。

幕末の開国から間もなくの一八六五年。長崎に渡った宣教師たちによって建立された「大浦天主堂」に於いて、宣教師と潜伏キリシタンが出会った「信徒発見」は驚きをもって報じられた。異国情緒漂う長崎の町は、徳川時代の禁教と鎖国政策の地として、栄えた歴史抜きには語れない。今晩の店名もなんと「でじま」である。貿易独占の出島は、教科書で目にした古絵図とは違って、いまは埋め立てられ、見る影もない。近年の発掘や一部復元により、史跡として公開し、出土品などからわずかに面影が感じられた。

その出島跡から程近く、「鮨 でじま」があった。モダンな外観の自動ドアを入って行くと、大きな銅鑼が迎えてくれる。聞けば、かのインゲン豆の隠元が、わが国最初に建立した黄檗《おうばく》禅宗の唐寺、興福寺のトレードマークの魚板を写したものだという。明朝最先端文化を貪欲に吸収した長崎に相応しく、中国の代表的な魚である鰍《かじか》を象り、同じく中国原産、イチョウの一枚板が、長崎らしい特別な夜の予感を醸し出した。

主人の尾崎雄一さんは、しっかりとした職人気質が、一つ一つの丁寧な仕事に感じられた。地元産にこだわり、仕事は江戸前のため、悪い訳はない。初九州以来感じている甘めの醤油や大きめのシャリはなく、東京では寿司種にならない甘鯛など次々握ってくれる。本旅の、結果的なメイン食材になった赤ウニは、ガラス製の蓮華に載って、長崎らしいと思ったのは僕だけであろうか。光り物の中でもとくに好きな小鰭が出る。この季節、東京では終わりの新子と、走りの新イカが定番なのだが、新子は全て築地に行ってしまうという。東京特有の季節もの以上に、高値で取引されるのだから致し方ないが、築地の多くのそれは、長崎などの九州産で、複雑な思いがする。食べていて初めての気がしなかったのは、子どもの頃からの馴染みも、寿司のいわゆるネタケースがない珍しい設えだったことを思い出す。最初に拝見した木箱に入ったネタに、尾崎さんの自信を感じたのであった。

信仰の地、天草へ

翌朝、窓を打つ雨音で目が覚めた。西の朝は遅く、予報に反し土砂降りである。今日は天草へのフェリーが出る口之津《くちのつ》まで、予約が出来ないというので早くに発つ。晴れていれば一九九一年に大噴火した雲仙を左手に、と雲に霞んだ天候を恨めしく思う。時間があれば原城跡にと思っていたけれど、時間ギリギリ、フェリー事務所に編集の田中さんが電話

鯵、鯖、甘鯛……。九州寿司三昧の旅は、「鮨 でじま」の丁寧な仕事のされたネタが整然と並ぶ木箱拝見からスタート。ご主人は、東京や豪華客船で腕を磨いたという。

赤ウニ、きびなご、うなぎ……

潜伏キリシタンの関連遺産として、ユネスコ世界遺産登録された天草の﨑津集落はのどかな港町。連なる漁船の先に、町のシンボルともいえるゴシック様式の﨑津教会が見える。

をする。ここは有名な島原の乱最後の戦闘があった所で、天草四郎時貞が討たれた城跡である。彼は、司祭でも助祭でもなかったが、徳川幕府の禁教令により、島原の乱はキリシタン一揆としたほうが幕府に都合良く、圧政に対する農民一揆の頭として、利用されたようだ。フェリーの出る口之津は、乱の発端となる事件のあった所だが、三万人ともいわれる戦死者は、教会によって祀られることなく、やはりカトリックとは関係なかった。フェリーが出港する頃には雨もあがり薄日がさしてきた。昨日の外海集落と同様、山海は抜けるように明るく、歴史の陰惨さとおよそ裏腹な景色に僕は戸惑った。

　口之津からフェリーで三十分、天草の山々が大きく見えてきたなと思ったら、あっという間に鬼池《おにいけ》に着いた。天草は、百十を超える島々からなっている。一番の大島は下島で、中でも本渡《ほんど》は、上島との接点として、交通の要衝である。天草では、旧知のYさんに再会する。といっても何十年ぶりの、誠に厚かましいこと甚だしいのだが、港で出迎えてくださったYさんは笑いながら、「お前は肥後に加担するのか」と選挙のときに言われたんですよ、と昔話に花が咲く。行政上は熊本県なのだが、長らく肥前唐津の飛地であり、肥後でありながら、明治まで切り離されてきた名残である。天草キリシタン館の平田館長のユニークな裏史の解説に、兎に角キリスト教を邪宗に、という政治政策なんだと改めて感じ入る。

　今日も寿司屋は、夕方の予約だったので、僕らは、「長崎と天草地方の潜伏キリシタン関連遺産」天草側唯一の﨑津《さきつ》教会へ向かうことにした。天の草、というより、水田に適した平地は意外に少なく、山間をぬうように行くと、かつて潜伏キリシタンが多く住んだ下島西海岸地方に着いた。﨑津集落は、羊角《ようかく》湾の深く入り込んだ中程にあり、海と急斜面にはさまれた狭い平地に、﨑津教会がシンボル的に建っている。欧州の小さな村に必ずあるゴシック教会のそれと良く似て、素朴な漁村の景観に映えている。教会は、一九三四年に再建された。畳敷きの奥、祭壇がある所が、毎年絵踏みが行なわれていた場所で、長らくの禁欲を強いられた祖先を思うとき、その場所に祭壇をと信者が考えたのは当然のことだった。

Ｙさん推薦の「海月」は、教会の参道、入江に面して建っている。がっちりとした体格の主人宮下剛さんは、大阪で修行中こんな魚のいい所から出てくることない、早く帰りなさい、と言われたと笑う。全国数多の寿司屋の中で、障子に漁船の影が映るかのような、釣り竿をたらせば手の届く、これほどの距離感の店を僕は知らない。だが、夕方が本番と躊躇していると、「奴寿司」さんにないものはここにないです、と言いながら、まだ動いているような下足を握ってくれた。

海月を出て、崎津漁業協同組合元組合長の山下不二夫さんのお宅へお邪魔する。ここには、仏教とキリスト教の、言うなれば仏壇兼祭壇があり、多くは諏訪神社の氏子でもあるという。つまり、地域に根付いた信仰と折り合いをつけつつ、潜伏キリシタンは独自の信仰を密かに続けてきたのだ。ある意味では、かつて日本に、最先端の仏教が渡ってきたとき、神道系の勢力と二、三百年かけ習合した歴史とよく似ているように思う。このあとに伺った大江教会近くの山下大恵《ひろしげ》さんのお宅には、文化文政時代からの信仰を育んだ隠れ部屋と称する屋根裏があり、天照大神の床の間横に、クロスがあり、そのまた右には、先祖代々の仏壇と、僕にはとっても日本的な、融通無碍なる精神が感じられて、あまり違和感がなかった。彼らの中には、身近なアワビ貝内側のある模様をマリア様に見立て、信仰してきた方もいるという。見立て、これまた大変日本的なあり方で、お祝いは神道で、お葬式は仏教に、クリスマスをも祝うという現代日本の先駆けをしていたのだと僕は解釈することにした。でも、海外の方には、なかなか理解出来ない信仰のかたちなんだと改めて思う。町には看板や幟など、余計なものがなく、これほど素朴な形態が残っていることが奇跡的、きっと潜伏キリシタン二百五十年、信仰の奇跡が、心の洗われるような町の風景になったのだろう。あとは電線だけ、と念のため記す。

時間になり、後ろ髪を引かれる思いで﨑津を後にした。良い余韻で、僕はすでに満足していた。料理で僕が大事にしているのも、このような後味で、リピートする大きな判断材料になる。「奴寿司」は、先に記した本渡にあった。主人の村上安一さんは、待ちかねたように、二階からだれもいない店舗に降りてきた。外に大きく「予約のみ」とあったが、さすがの有名店は、手慣れていた。取材ということではあったが、寿司を一にと僕は思っていた。だが、ご主人は二、三写真を撮っての定番（？）のそれだと解釈していて、饗宴とはならなかった。が、この店のカラーはのみ込めた。印象に残ったのは、色々な付け塩で握る寿司だった。マナガツオの漬は、スダチの皮を。石鯛には柚子胡椒を薬味に、またアワビにはカラスミの塩を付けて頂く。主人のひらめきで試行錯誤、これからもレパートリーは広がることだろう。最後に先に記したこの季の醍醐味、新イカの握りにウニ塩付きで出てきた。いい加減の化粧された仕事に唸りながらも、塩抜きでと頼んだら、すまなそうに、もうないので、今度は仕事抜きで、Kさんと是非、と締め括られたのであった。

店を出るとまだ明るく、いい感じに西日がさしている。僕は先程分かれたYさんと、またの一軒で落ち合うことにする。日に寿司屋三軒梯子は初体験。お腹一杯と言いながら、カウンターというのは不思議なものである。地元熊本の日本酒でゆっくりやっていると、「蛇の目寿し」の主人、濱孝顕さんは、気の利いた酒のつまみを出してくれる。あとから参戦のYさんの頃合いに、握ってもらう。Yさんは昼同様にイカにタコで、この系統がお好きなんだとわかる。新子はないのですけど、と見覚えあるキビナゴが握られてきた。美味い。熊本のみならず、鹿児島でも、昼夜その刺身攻めにあったことがある。僕の悪癖は、美味いとなるととまらないことだ。お代わりの連続に、脳科学者の茂木健一郎さんが、閉口していたことを思い出す。新子も然りなのだが、十センチにも満たない細く透き通った小魚を丁寧にさばき〆。寿司となるまでには、と思うのだが、肌の縞目がクッキリと、目にも美しく、とやっぱり僕は禁欲とは無縁なようだ。

翌朝も早起きして天草の市場へ。僕の旅の定番は、町の古美術店に美術館、そして市場である。今日は少ないです、と言われたが、見たことのないカラフルなヒオウギガイに、大鯵や真鯛などいい感じである。僕はYさんに、それらをお土産にしたいと申し出たが、ここは仲買独占で、小売りはしないという。この本が出る頃には、築地は移転しているはずだが、日本には世界一の目利きが、魚種と季節感豊かな近海魚を把握している。確かにプロにはプロの仕事のやり方というものはあるのだろうが、その魅力もまた、縄文時代から何百種類もの魚貝を食してきた我々祖先の遺産だと思う。かつてのキリシタンが柔軟だったように、観光と相携える漁業の未来であって貰いたいと僕は願っている。

最後の〆はウニ

市場でYさんと分かれ、僕らは下島南端の牛深港から、鹿児島の蔵之元港へ渡り、市内へのルートをとった。市内までの海岸線は、南国の香り満載で、古代中国の呉があった江蘇省も、越のあった浙江省も見えないが、この水平線の先から、かつて最新文化が、西風によって渡ってき

左：市場に並んだ色鮮やかなヒオウギガイ。天草は代表的な産地だ。
右：皿の上にズラリと並んだ新鮮なキビナゴ。南九州らしい寿司ダネである。

たことを想う。市内でレンタカーを返却、タクシーに乗り換え、最後の目的地に向かっていると、大きな駅が、「あれは昔の西鹿児島駅」とのことに、月日を感じる。左に目を転じると、丘の上の観光ホテルが見えてきた。と続いてあの偉観が眼前にせり出してきて、ちょっと身体が熱くなった。

古風な市役所の通りの二階に、「名山　きみや」がある。住所と苗字の木宮からの命名で、宮崎出身の兄弟が出迎えてくれる。カウンターに座ると、大きな窓からの並木が美しく、バカラなど各種のグラスが並んで、店内は寿司屋というより、個人宅のような親しみが感じられた。最初に阿久根の赤ウニを、と口に含む。先程通ってきた海岸線の町で採れたウニで、つくりのいい木箱と、変哲もなかった街並がうまく重ならなかったが、シャンパンとの相性抜群で、横では兄貴が炭をおこし、松茸をあげている。我々人間は原始よりその知能を活かし、雑食の限りを尽くし、料理の枠を広げてきた。僕は直覚というものを大切に、各所で食しているが、一握りで好奇なる舌心全開と思う店は稀である。

料理はコース一本と、基本の粗筋はあるのだが、握りのセレクトのみならず、各種の酒に和食や、器との相性などと、兄弟の演出は華麗だった。カウンターならではの即興も心地よく、手配り目配り、あれは天性のものだ。ボトルのラベルと、盃の色をあわせたのには言葉も出なかった。弟は嬉しそうに、一升瓶をワインボトルのように持ち上げ、空になるともう一杯注ぎ、頃合いに握る。僕の好きな品種ピノグリ（しかもマグナム）のグラスは、あろうことか愛用のロブマイヤー（P73参照）！　あちらではしっかりと焼いた蒲焼きに白焼きと、もういちいち記さないが、桜島の偉観がそのまま店内の流儀になっていた。デザートの代わりに最後の〆にウニを、と僕の悪癖にも、快く応えてくださった。夕日に焼ける桜島は、筆舌に尽くし難いのだが、連続五食寿司に、僕はすでに夕暮れ、そして後味のいい旅の終着だったことは言うまでもない。

あとがきにかえて

Ｂ級グルメをはじめ、地方は食のブランド化に余念がない。昨今ではあまり聞かなかったものまでランクがついて、さも昔からの名物のように感じさせている。新たなものに焦点をあて、また地方経済の起爆剤として「食」の底上げをすることは悪いことではない。問題はその方法と、言葉の一人歩きだと思う。

最後の書き下ろしを九州と決め、祖母の代より親しく、亡くなって二十年が経とうとしているのに、折々に届くウニの瓶詰めを候補とした。Ｆさんは、ひと通りの説明を聞いたあと、「ウニのことを取材したいと選んでいただいて嬉しいのですが」と前置きしながら、「残念ながらこちらからご紹介はできない」とはっきりとした口調で断られたのである。その理由が以下である。

・すでに、腕の良い漁師が亡くなって、また八十過ぎの高齢となって、良質のウニをなかなか手に入れられない。

・自分が知っている中では唯一、八十五、六になるお婆さんが漁に出ているが、必ずこの日にということではなくなってしまっている。

・白洲先生ご存命の頃は、まだまだ腕の良い漁師がいたので、ウニの瓶詰めも沢山お送りできたが、今はこんな状況になってしまって、数が確保できないゆえ、少なくお送りするのも申し訳なく、ご無沙汰してしまっている。
・現在ここは、もう漁場としても質が落ちていると思う。かつては魚のことも考えて、びっくりさせないために夜の漁は控えるなど、漁師の間に暗黙の了解があったが、今はそういうこともなく、捕れれば良い、と商業的になってしまっている。
・こんな現状を伝えることで、ここをなんとか昔の姿に少しでも戻せたら、と思う人もいると思うが、私は終わっていく様を、静かに見届けたいと思う。

ざっとこんな内容だった。

地名は秘するが、誰もが知っているブランドの漁場である。もうここは終わりました、と最後に付け加えた。Fさんは、昨今の現状に憤っているのである。ブランド産でも良いモノ、悪いモノがあり、ただ採れたから、築地に送って終わりではない。もっと謙虚に、目利きをして、ブランドで人をだますなと。おそらくこれはわが国全体にいえることであるが、経済優先の中で置き去りにしている大事なことがある。文化財でいうならその修理と管理、そして質であり、流行のインバウンドなら、こちら側のとくに人の育成であろう。最後にFさんはこんな話をして電話を切った。

地元で腕の良い漁師がいた。年齢もあり体調を崩し入院していた。無事に退院はできたのだが、退院早々海に出てしまった。そして行方がわからなくなり、皆で懸命に捜索をした。そうすると無事に見つかったのだが、漁師仲間たちは、「船が彼を連れて帰ってきてくれた」と言った。「船が連れて帰ってきてくれた」と。何か予感めいたことがあったのか、その漁師は自分の胴体を、船と縄でくくりつけていた。その船が港へ戻ってきた。彼は縄で船とつながっていたことで、助かったのだそうだ。十代から漁に出て、その船とも長く付き合っている。職人的漁師の世界には、そういうこともあるんですね。

僕はFさんの覚悟なんだと思った。同じ職人として生きたFさんは、安易な流行が我慢ならないのと、もはやゼロからのスタートを切るべきだとの決意なのだ。経済的な数字には決して現れないプロフェッショナルな職人たちを育てる環境整備。そんな一助となるようなことを、これから僕は書いていきたい。

最後になりましたが、女性で只一人、僕の無地唐津盃に関心を示し、棚上げの連載を単行本化するべく尽力された編集者、田中敏恵さん。はじめてご一緒した装丁デザインのおおうちおさむさん。誠文堂新光社の大久保芳和編集長の的確な助言と判断によって、本書は誕生した。この場を借りて深く御礼申し上げたい。

二〇一八年　仲秋の軽井沢にて　白洲信哉

お取り寄せリスト　「舌ごころ」を触発した品々

本書『旅する舌ごころ』に登場する美味しいものたちをご紹介します。

浜松のスッポン

P007「1 祖父母の思い出」より

服部中村養鼈場
https://www.hattori-suppon.co.jp/

京都錦市場の馴染みの魚屋のグジ

P009「1 祖父母の思い出」より

鱧や他の食材もとることがあります。

丸弥太
電話：075-221-4393　FAX：075-211-3393
営業時間：8:00〜15:00　定休日：日曜日

富山のホタルイカ

P024「2 春のおとづれ」より

ほぼ毎年生のものを取り寄せて
しゃぶしゃぶに。

カネツル砂子商店
https://www.kanetsuru.com/

大分県竹田市長湯温泉の硬水

P029「3 初夏をかぐ」より

水出しの玉露を試して病みつきに。

長湯温泉マグナ
mgna.jp/

普段使う土鍋

P080「8 食欲の秋」他より

浅い土鍋は鍋料理はもちろん、肉を焼いたり。
他炊飯用など愛用中。

土楽
www.doraku-gama.com/

近江町市場の老舗で魚介の詰め合わせ

P141「14 食は文化である」より

取り寄せるよりもっぱら現地で購入。
あこう鯛や能登ガキを買って帰ったこともあります。

忠村水産
電話：076-232-0333　FAX：076-232-2178
営業時間：9:00〜17:00　不定休

本書に登場する食材以外で、
日常的に気に入って取り寄せているものたちです。

伊賀肉

伊賀肉の駒井
www.iganiku-komai.co.jp/

香梅

香坂酒造
www.ko-bai.sakura.ne.jp/

上喜元翁

酒田酒造
http://www.yamagata-sake.or.jp/cgi-bin/view/kura/kura_desc.cgi?id=22

網走の蟹の内子

マルホ阿部水産
https://www.maruhoabe.com/

京都の鯖寿司

祇園石段下 いず重
gion-izuju.com/

※上記の情報は、2018年11月現在のものです。時期により取り寄せが不可能なものがあります。

白洲信哉　しらす・しんや

1965年東京都生まれ。細川護熙元首相の公設秘書を経て、執筆活動に入る。その一方、広く日本文化の普及につとめ、書籍や雑誌の編集、展覧会などの文化イベントの制作に携わる。父方の祖父母は、白洲次郎・正子。母方の祖父は文芸評論家の小林秀雄。主な編著書に『骨董あそび』（文藝春秋）、『白洲次郎の青春』（幻冬舎）、『天才 青山二郎の眼力』（新潮社）、『白洲家としきたり』（小学館）他。最新刊は『旅する美』（目の眼）。

撮影：安藤博祥

旅《たび》する舌《した》ごころ

白洲《しらす》次郎《じろう》・正子《まさこ》、小林秀雄《こばやしひでお》の思《おも》い出《で》とともに巡《めぐ》る美食紀行《びしょくきこう》

2018年11月15日　発　行

NDC914

著　者　白洲信哉《しらすしんや》

発行者　小川雄一

発行所　株式会社誠文堂新光社

〒113-0033　東京都文京区本郷3-3-11
編集 03-5805-7762　販売 03-5800-5780
http://www.seibundo-shinkosha.net/

印　刷　株式会社大熊整美堂

製　本　和光堂株式会社

ISBN978-4-416-71835-3